Bianca

UNA ISLA PARA AMAR
SUSAN STEPHENS

Editado por Harlequin Ibérica.
Una división de HarperCollins Ibérica, S.A.
Núñez de Balboa, 56
28001 Madrid

© 2016 Susan Stephens
© 2017 Harlequin Ibérica, una división de HarperCollins Ibérica, S.A.
Una isla para amar, n.º 2555 - 12.7.17
Título original: A Diamond for Del Rio's Housekeeper
Publicada originalmente por Mills & Boon®, Ltd., Londres.

I.S.B.N.: 978-84-687-9950-6
Depósito legal: M-13039-2017
Impresión en CPI (Barcelona)
Fecha impresion para Argentina: 8.1.18
Distribuidor exclusivo para España: LOGISTA
Distribuidores para México: CODIPLYRSA y Despacho Flores
Distribuidores para Argentina: Interior, DGP, S.A. Alvarado 2118.
Cap. Fed./Buenos Aires y Gran Buenos Aires, VACCARO HNOS.

Capítulo 1

ESTO es una playa privada...
Rosie tuvo que alzar la voz para que el hombre
que estaba en una motora negra y se disponía a
echar el ancla junto a la orilla la oyera. El hombre se
detuvo un instante y ella interpretó que la había oído,
pero que por algún motivo había decidido ignorarla.
Agitar los brazos tampoco tuvo ningún efecto.

–«Malditos intrusos» –habría dicho doña Ana, la
difunta anciana para la que Rosie había trabajado, si
algún marinero se hubiera atrevido a fondear cerca de
su isla privada–. «¡No podéis nadar aquí! ¡Esta es mi
isla!» –habría exclamado poniendo las manos sobre sus
caderas, hasta que los visitantes se percatasen de que
no eran bienvenidos y se marchasen en busca de aguas
más tranquilas.

Rosie siempre había pensado que los visitantes no
podían causar mucho daño, si lo único que pretendían
era disfrutar del agua cristalina y de la playa de arena
blanca durante una hora o así.

Al ver que el hombre la miraba fijamente, Rosie se
puso tensa. Su cuerpo reaccionó de una manera extraña, como si sintiera nostalgia y la fuerte personali-
dad de aquel hombre la hubiese cautivado. El efecto era
tan poderoso que parecía que estuvieran mucho más
cerca.

Al instante, Rosie supo que debía enfrentarse o huir.
Gracias a lo que en el orfanato consideraban su maldita

cabezonería, consiguió permanecer en el sitio. Quizá no había tenido los mejores comienzos en la vida, pero no era una víctima y nunca lo sería.

Y una promesa era una promesa... Le había prometido a doña Ana que mantendría a salvo la isla, y eso era sagrado. No obstante, por muy intimidante que pareciera aquel hombre, ella no permitiría que se acercara hasta que no supiera cuáles eran sus intenciones.

El hombre tenía otra idea.

Rosie sintió que se le aceleraba el corazón al ver que el hombre se asomaba por la barandilla dispuesto a echarse a nadar. Sospechaba que para mantener a salvo la isla necesitaría algo más que sus buenas intenciones.

El hombre se lanzó al agua y nadó hasta la orilla. Su aspecto de hombre duro y despiadado provocó que ella se pusiera nerviosa. Normalmente la tripulación de un barco nodriza vestía un uniforme con el nombre de la embarcación escrito en él. Y ese hombre no llevaba nada que lo identificara, solo un bañador corto. Además debía de tener unos treinta años, o era mayor que ella en cualquier caso.

Rosie tenía veintipocos años. Ni siquiera estaba segura de cuál era su fecha de nacimiento. No estaba registrada. Los datos de su vida habían desaparecido en un incendio que se produjo en el orfanato donde había crecido, al poco de su llegada. Su experiencia vital estaba limitada al mundo extraño y aislado de las instituciones y a la pequeña isla del sur de España.

Rosie había sido afortunada porque una asociación benéfica, que trabajaba con jóvenes en situación de exclusión social, le había ofrecido un trabajo en Isla del Rey. El trabajo consistía en ser la acompañante y ama de llaves de una anciana que previamente había echado a otras seis empleadas. No era una oportunidad prometedora, pero Rosie habría aprovechado cualquier cosa para escapar del ambiente opresivo de la institución, y la isla le ofrecía refugio frente a la dura realidad del mundo exterior.

Un mundo que la amenazaba de nuevo. Rosie se preparó para echar al hombre de allí. Doña Ana le había dado mucho más que un techo y ella debía mantener su isla a salvo.

Contra todo pronóstico, Rosie había tomado cariño a su jefa, pero nadie se habría imaginado jamás que, en un último acto de generosidad, doña Ana iba a dejarle en herencia la mitad de la Isla del Rey a la huérfana Rosie Clifton.

La herencia de Rosie se había convertido en un escándalo internacional. Ella no había sido bien recibida entre los terratenientes, sino más bien había sido rechazada por ellos. Incluso el abogado de doña Ana había puesto excusas para no recibirla y hasta su carta formal reflejaba resentimiento. ¿Cómo era posible que una simple ama de llaves huérfana pasara a formar parte de la aristocracia española? Al parecer, nadie comprendía que lo que Rosie había heredado era la confianza y el cariño de una anciana.

El generoso legado de doña Ana se había convertido en un arma de doble filo. Rosie había llegado a amar la isla, pero no tenía ni un céntimo a su nombre y no recibía ingresos, así que, si apenas podía mantenerse a sí misma, tampoco podría ayudar a los isleños a comercializar sus productos ecológicos en la península, tal y como había prometido que haría.

El hombre había llegado a la orilla. Llevaba el torso desnudo y el agua del mar resaltaba su piel bronceada. Era una imagen espectacular, y Rosie suponía que no estaba allí para ofrecerle un préstamo.

Rosie había fracasado en ese aspecto. La única respuesta que había recibido a todas las cartas que había enviado a posibles inversores para la isla, había sido el silencio o la burla: «¿Quién era ella aparte de una simple ama de llaves cuya experiencia se reducía a la vida en un orfanato?». Ni siquiera podía argumentar en contra de eso, porque era verdad.

Él la miró fijamente y ella se percató de que era un hombre capaz de abrir cualquier puerta. Aunque no aquella. Rosie cumpliría la promesa que le había hecho a doña Ana y continuaría luchando por conservar la isla. En el lenguaje de doña Ana, eso significaba que no entraran visitantes, y menos un hombre que miraba a Rosie como si fuera un pedazo de basura arrastrado por el mar. Lo echaría tal y como habría hecho doña Ana. Bueno, quizá no de la misma manera, Rosie era más persuasiva que gritona.

Al ver que él se acercaba, a Rosie se le aceleró el corazón. Estaba sola y se sentía vulnerable. Él había elegido el mejor momento del día para darle la sorpresa. Rosie solía ir a bañarse a primera hora del día, antes de que los demás se levantaran. Doña Ana la había animado a adquirir esa costumbre y solía decir que Rosie debía tomar un poco de aire fresco antes de pasarse todo el día en la casa.

Agarró la toalla de la roca donde la había extendido para que se secara y se cubrió. A pesar de ello, no iba vestida para recibir visitas. La casa estaba a media milla de distancia por una colina empinada y nadie la oiría si pedía ayuda...

No necesitaría pedir ayuda. Era la propietaria del cincuenta por ciento de la isla, y el otro cincuenta por ciento pertenecía a un Grande de España que siempre había estado ausente.

Don Xavier del Río era el sobrino de doña Ana, pero puesto que no se había molestado en visitar a su tía durante el tiempo que Rosie había estado en la isla, y ni siquiera había asistido al entierro, Rosie dudaba de que se molestara en hacerlo después. Según le había dicho doña Ana, él era un playboy que vivía la vida a tope. Y para Rosie, él era un hombre sin corazón que no se merecía una tía tan encantadora.

Al parecer, en lo que se refería a los negocios, era un hombre de éxito, pero, aunque fuera millonario, Rosie consideraba que debía haber hecho el esfuerzo de visitar a doña Ana... O quizá era demasiado importante como para preocuparse de los demás.

Él no se podía creer lo que sucedía. La chica que estaba en la playa lo estaba tratando como a un intruso.

–Tienes razón –contestó él–. Esta playa es privada. Entonces, ¿qué diablos estás haciendo aquí?

–Yo soy... Quiero decir, vivo en la isla –dijo ella, alzando la barbilla para intentar mirarlo a los ojos.

Él se inclinó sobre ella. Era una mujer menuda, joven y ágil, con el cabello pelirrojo y expresión aparentemente cándida, pero sin duda desafiante y decidida. Estaba pálida, pero mantenía la compostura. Él sabía quién era ella. El abogado le había advertido que no se dejara engañar por su aspecto de mujer inocente.

–¿Lo ha enviado el abogado? –lo retó ella.

–No me envía nadie –contestó él, sin dejar de mirarla.

–Entonces, ¿a qué ha venido?

Sus puños cerrados eran la única señal de que estaba nerviosa. Ella tenía valor para enfrentarse a él, pero él no era un acosador y ella era una chica joven y estaba sola en la playa, así que trató de mantener la calma.

–He venido a verte.

–¿A mí? –colocó la mano sobre su pecho, justo encima del borde de la toalla.

En ese momento una suave brisa le revolvió el cabello y él sintió un fuerte deseo de sujetarle el cabello, echarle la cabeza hacia atrás y besarla en el cuello.

Era una mujer atractiva, pero cualquiera que fuera capaz de convencer a su tía para dejarle en herencia un lugar como aquel, debía de ser más confabuladora de lo que ella parecía.

—Tenemos que hablar de negocios —miró hacia la casa que estaba en la colina.

—Solo puede ser una persona —dijo ella—. Los abogados no mostraron ningún interés en mí, ni en la isla. Están dispuestos a permitir que Isla del Rey se vaya al infierno, y yo con ella. Me han cerrado en la cara cada puerta de la ciudad, pero supongo que eso ya lo sabe... don Xavier.

Él permaneció impasible. El día en que se comunicó el testamento que había dejado su tía, sus abogados contactaron con él para prometerle completa fidelidad. El gabinete había trabajado para la familia Del Río durante años, y los abogados le habían asegurado que había motivos para reclamar la herencia, sin duda, frotándose las manos al pensar que recibirían mayores honorarios al hacerlo. Xavier había rechazado la propuesta, decidiendo que él se encargaría de aquella situación, y de aquella chica.

—¿Usted es el responsable de que me hayan cerrado todas las puertas de la ciudad? —preguntó la chica.

—No —dijo él, con sinceridad. Su tía siempre había sido una mujer maquiavélica y se notaba en la manera que había redactado su herencia. Después de conocer a la chica con la que compartía la isla, sospechaba que doña Ana debió de disfrutar mucho poniéndole obstáculos en el camino a la ahora de reclamar una isla que debía pertenecerle por derecho—. Está claro que los hombres con dinero piensan como yo, que la responsabilidad de Isla del Rey no puede recaer en manos de una jovencita.

–Supongo que no le interesa mi opinión –contestó ella.

Él pensó que se la daría de todas formas. Y acertó.

–Cualquier persona que tenga la suerte de tener parientes debería cuidarlos, y no abandonarlos, por muy difíciles que sean.

–¿Te estás metiendo conmigo? –preguntó él, divertido–. ¿Sugieres que tengo tan poco derecho a reclamar la isla como tú?

–Tienes el nombre y la fama. ¿Por qué tu tía iba a dejarle la isla que adoraba más que nada en el mundo a un hombre tan famoso como tú?

La franqueza de su comentario hizo que él permaneciera en silencio un momento. Tanta franqueza era asombrosa, pero también agradable. Suponía que su carácter cortante se había forjado debido a una infancia difícil. Ella había tenido que buscar la manera de sobrevivir y había elegido la lógica y la cabezonería frente a la conformidad y la autocompasión. Era valiente. No había mucha gente dispuesta a enfrentarse a él.

–¿No va a contestar, don Xavier?

Él arqueó una ceja, pero lo que ella había dicho era verdad. Su reputación pendía de un hilo. Vivía deprisa y con el estilo de vida que le permitía un negocio exitoso. No estaba interesado en el amor y los cuidados. Solo le habían producido decepción en el pasado y ya no tenía tiempo para esas cosas. Ese era el motivo por el que había evitado a su tía y a la isla. No se sentía orgulloso de admitir que la idea de reavivar los sentimientos que había experimentado de niño hacia aquella mujer mayor lo había mantenido alejado. Sus padres habían conseguido que odiara todo lo relacionado con el amor. Y él había hecho lo que doña Ana le había pedido, ganar dinero para fundar las empresas de las que ella se habría sentido orgullosa, y con eso debía bastar.

Sin embargo, su maquiavélica tía había añadido una cláusula en su testamento que dificultaba que pudiera reclamar su herencia.

—Me imagino que has venido hasta aquí a causa de las condiciones que puso tu tía en el testamento —comentó la chica.

—Supongo que ambos estamos aquí por el mismo motivo —contestó él—. Para solucionar las condiciones del legado.

—Yo vivo aquí, tú no —dijo ella con una sonrisa retadora.

¿Estaba reclamando su propiedad? Si se había leído el testamento, sabría que él podría perder la herencia si no tenía un heredero en el plazo de dos años.

—Supongo que te sientes bajo presión —dijo la chica.

Al ver el brillo de su mirada, Xavier supuso que ella estaba disfrutando de aquella situación tanto como habría disfrutado su tía. Podía imaginárselas juntas. Y, por supuesto, la chica podía reírse puesto que era la propietaria del cincuenta por ciento de la isla. Lo único que tenía que hacer era esperar y confiar en que él no tuviera un heredero. Entonces, toda la isla pasaría a ser de su propiedad. El hecho de que ella no tuviera dinero ni para mantenerse, hacía que todo resultara incierto.

—Entonces, ¿conoces las condiciones del testamento de mi tía? —preguntó él, mirándola de arriba abajo.

—Sí —dijo ella—, aunque el abogado de tu tía me lo puso difícil y, en un principio, no quiso enseñarme nada, pero yo insistí.

«Estoy seguro de ello», pensó él.

—No pudo negarse. Si te soy sincera, yo solo quería ver el testamento con mis propios ojos para asegurarme de que había heredado la mitad de Isla del Rey, pero entonces... –se mordió el labio inferior y miró a otro lado.

–¿Sí? –preguntó él, percibiendo que a pesar de su aspecto calmado sentía preocupación. El peor error que podía cometer era tomarse a esa mujer a la ligera.

–Entonces leí la parte que se refería a ti –dijo ella, mirándolo directamente–. Así que comprendo que te sientas bajo presión –no pudo evitar sonreír antes de añadir–: Siempre supe que doña Ana tenía un extraño sentido del humor, pero he de admitir que esta vez se ha pasado. Quizá si no la hubieras ignorado durante tanto tiempo...

–He sido castigado –declaró él en tono cortante. No quería hablar de su tía con nadie, y menos con aquella joven.

–Lo que me resulta confuso –dijo ella–, es esto. Siempre pensé que doña Ana creía en la familia. Al menos, era la impresión que me daba, pero ahora veo que era un castigo –entornó los ojos al pensar en ello.

«Tiene unos ojos preciosos», pensó Xavier.

–Un castigo para mí, no para ti –apuntó él.

–Aun así... –lo miró con interés durante unos minutos–, debiste de hacerla enfadar mucho. Bueno, claro, manteniéndote alejado tanto tiempo.

Ella no tenía miedo de expresar sus pensamientos. Cuanto más la conocía, más lo intrigaba. Su primera intención había sido echarla de la isla navegando en una balsa hecha de dinero, sin embargo, después de conocerla dudaba de que aceptara algo así. Era inteligente, desafiante y extremadamente atractiva. Algo que podría entrometerse en su camino. Y Xavier no podía permitir que algo así lo distrajera. Tenía razón acerca de que aquel testamento podía provocar el caos. Estaba seguro de que doña Ana conocía sus limitaciones. Él era capaz de ganar mucho dinero, pero sería un padre terrible. ¿Qué necesidad había de que un niño tuviera un padre incapaz de sentir?

–Será mejor que vayamos a la casa –dijo él, volviéndose hacia allí.

–¿Qué? No –contestó ella.

–¿Disculpa? –se giró para mirarla y vio que hundía los dedos del pie en la arena.

–Deberías haber contactado conmigo de la manera habitual y concertar una reunión que no implicara un encuentro en la playa al amanecer –le explicó frunciendo el ceño.

Él inclinó la cabeza para ocultar su sonrisa. La gente solía tratar de sobornar a su secretaria personal para conseguir unos minutos de su tiempo y, sin embargo, a Rosie Clifton solo le faltaba mover el bastón de su tía frente a su cara para intentar echarlo de la isla.

–¡He dicho que no! –exclamó ella, tratando de bloquearle el paso–. No es conveniente –le explicó.

¿No era conveniente que él visitara su casa en su propia isla?

Quizá a Rosie Clifton se le habían abierto montones de puertas en un pasado reciente, pero a él nunca le habían cerrado una puerta en la cara. Visitaría su casa, y su isla. Y después decidiría qué hacer con aquella chica.

–¿Quizá en otro momento? –preguntó ella al ver la expresión de Xavier–. ¿Pronto? –sugirió con una media sonrisa.

–Ahora es el momento –insistió él, y pasó junto a ella.

Capítulo 2

EL DEBERÍA haberse imaginado que ella saldría corriendo tras él. Cuando lo agarró del brazo, sintió el poder de sus pequeños dedos con tanta claridad como si le estuviera acariciando el miembro. La idea de que esas manos pudieran llevarlo hasta la puerta de la pasión fue suficiente para hacer que se detuviera en seco. El contacto con ella era electrificante. Y también su carácter. Era posible que Rosie Clifton no tuviera ni una pizca de su riqueza o su poder, pero no tenía miedo a nada. Así que era imposible que él no la admirara al menos un poco.

–Puedes venir a la casa en otro momento –dijo ella sin soltarle el brazo y mirándolo a los ojos–. Haremos una cita formal. Lo prometo.

–¿La haremos? –preguntó él con ironía.

La miró y vio que sus ojos de color amatista se oscurecían, confirmando que la atracción entre ellos era mutua. E inconveniente, se recordó él. No había ido allí para seducirla. Tenía un asunto de negocios que resolver con Rosie Clifton.

–Ninguno de los dos vamos vestidos de manera adecuada para una reunión formal –señaló ella–. No nos sentiremos cómodos. Y puesto que hay tantas cosas importantes de las que hablar...

Él reconoció que ella tenía buenos argumentos.

–¿Y...? –preguntó ella, dejando los labios entreabiertos.

–Volveré –convino él.

–Gracias –exclamó aliviada.

Era un error por su parte. Le estaba dando la oportunidad de prepararse para la próxima vez. Su tía debía de estar riéndose en la tumba. Doña Ana no podía haberlo planificado mejor al reunir a dos personas con el mismo objetivo, una idealista y otra un magnate de los negocios, y con un enfrentamiento directo. Por dentro, Xavier sonreía de admiración.

–Antes de que te vayas... –ella se mordisqueó el labio inferior.

–¿Sí?

–Quiero que sepas que yo quería a tu tía de verdad.

Él se encogió de hombros. ¿Debía importarle? ¿Estaba esperando que hiciera algún comentario al respecto? Trató de analizar lo que sentía y no consiguió nada. Suponía que sus sentimientos estaban dormidos desde la niñez. No sabía qué era lo que sentía hacia su tía.

–Tu tía te crio, ¿verdad? –preguntó Rosie.

–Solo porque mis padres preferían los antros de perdición de Montecarlo –dijo él, mostrándose impaciente por dejar el tema.

–Eso debió de ser doloroso –comentó ella, como si lo dijera de verdad.

–Fue hace mucho tiempo –Xavier frunció el ceño, confiando en que abandonara el tema.

Ella no dijo nada más, pero lo miró con expresión de lástima, algo que lo molestó todavía más.

–Tu tía me dijo que te echó de casa cuando eras adolescente –ella se rio, como si fuera divertido–. Dijo que fue lo mejor que había hecho por ti, pero ella siempre estaba dando lecciones a la gente, incluida a mí.

–Aunque no te enseñó a morderte la lengua –murmuró él.

Ella lo ignoró y continuó.

–Doña Ana dijo que el dinero no dura para siempre, y que cada generación ha de ocuparse de buscar la suerte en la vida. Algo que tú has hecho, sin duda –lo miró con admiración.

«Solo tu inocencia y falta de sofisticación podía llevar a esto», pensó él mientras ella comenzaba a nombrar sus logros.

–Primero hiciste fortuna en el mundo de la tecnología y después a base de construir hoteles de seis estrellas y campos de golf por todo el mundo –frunció el ceño–. Me imagino que ese es el motivo por el que tu tía me dejó la mitad de la isla, para evitar que arrasaras con ella. Los rumores cuentan que eres multimillonario –añadió ella.

–No me importa demasiado.

–Eso también me lo contó –le dijo, mientras él comenzaba a caminar hacia la playa.

–¿Hay algo que no te haya contado? –inquirió él, parándose en seco.

–Oh, estoy segura de que hay muchas cosas que no me contó...

–¿Hablaba de mí a menudo? –preguntó. De pronto, necesitaba saberlo. Y enseguida se arrepintió de haber hecho la pregunta

–Hablaba bastante de ti –comentó Rosie–. Lo siento si te he disgustado –añadió.

–No me has disgustado –se detuvo junto a una de las rocas de la playa y se apoyó en ella. Le gustara o no, aquella chica había provocado que recordara su pasado.

–Debería regresar –dijo ella.

–¿Nadas aquí cada día? –preguntó él. De pronto, no quería que se marchara.

–Cada mañana... Lo he hecho desde que llegué a la isla. Es un lujo –dijo ella, y cerró los ojos como si recordara cada momento que había pasado en el mar.

La isla debía de haber sido una revelación para ella después de haber estado en un orfanato. Xavier no podía imaginarse cómo sería criarse en una institución en la que realmente no había ningún interés por las personas. Al menos él había tenido a doña Ana. Y se alegraba de que el destino hubiera intervenido en la vida de Rosie Clifton. Si no se hubiera alegrado habría sido un monstruo despiadado.

Rosie había dejado de vivir allí después de que un miembro de la realeza que patrocinaba una de las organizaciones benéficas que él apoyaba fuera a visitar el centro. El príncipe le había dicho a Xavier que aquella chica había llamado su atención gracias al comportamiento calmado y adaptativo que mostraba. Xavier se preguntaba si el aspecto luminoso de Rosie también habría llamado la atención del príncipe. Eso y su evidente inocencia. Cuando el príncipe mencionó a Rosie por primera vez, él pensó en su tía y en la posibilidad de que una chica joven pudiera tener éxito donde otras cuidadoras profesionales habían fracasado. Ni siquiera en sus sueños se había imaginado que Rosie Clifton pudiera tener tanto éxito. Cierto era que su mirada sincera no mostraba ni rastro de astucia.

–¿Nadas en el mar sola?

–¿Por qué no? –contestó ella–. Tú lo hiciste.

Al inclinar la cabeza hacia un lado resultaba más atractiva que nunca. Había llegado el momento de que Xavier controlara sus emociones antes de que empezaran a nublarle el juicio.

–¿Te parece sensato? –preguntó él–. ¿Y si tienes algún problema dentro del agua?

–Puedo tener un problema en tierra también –dijo ella.

Era difícil no sentirse atraído por ella cuando intentaba disimular su sonrisa. Y eso era algo que Xavier había prometido no hacer. Cuando ella se encogió de hombros y él se fijó en aquel cuerpo femenino cubierto por una toalla, y en sus hombros delgados salpicados de pecas como si tuviera polvo dorado sobre la piel, supo que estaba en un lío.

–Una cosa que aprendí de niña fue a mantener la cabeza fuera del agua.

–No me cabe duda de eso –convino él–, pero estás arriesgando tu seguridad.

Ella se echó el cabello hacia atrás provocando que su melena se ondulara hasta la cintura.

–No es tan peligroso si conoces el mar que rodea la isla, ¿no cree, don Xavier?

–Tienes razón –admitió él–. Yo nadaba aquí cuando era niño, pero eso no significa que sea un lugar seguro para ti.

–¿Estás diciendo que nadas mejor que yo? –preguntó ella con un brillo de humor y reto en la mirada.

–¡Basta! –exclamó él, consciente de que debía zanjar el tema antes de que ella lo ganara–. Permíteme que me presente de manera formal. Soy don Xavier del Río, a tu servicio...

–Lo dudo –ella se rio–. Y no quiero que estés a mi servicio. No obstante, me complace conocerte de manera formal –bromeó ella–. ¿Quizá podríamos comenzar de nuevo? –sugirió, y le tendió la mano para saludarlo–. Rosie Clifton, al servicio de nadie.

Él se rio.

–Nunca ha habido dudas acerca de eso.

Cuando le besó el dorso de la mano, notó que temblaba. Al retirarla, Rosie colocó las manos detrás de la espalda, como si tratara de apartarse de lo inapropiado. Después de todo, no era tan buena ocultando sus sentimientos. Él no la intimidaba y ella no estaba completamente en su contra. Estaba cautelosa e inquisitiva, pero,

cuando él la tocó, se excitó. Él se preguntaba qué nove-
dades descubriría acerca de Rosie Clifton. En el orfanato había sobrevivido gracias a seguir las normas, y se
había adaptado a las condiciones que conllevaba trabajar para su tía. A esas alturas ya debía de haberse dado
cuenta de que poseer media isla no era útil para ninguno
de los dos, y él sentía curiosidad por saber a dónde
pensaba que llegarían a partir de entonces.

–¿Qué sabes de mí, Rosie?

–Probablemente tanto como tú sabes de mí –dijo
ella–. Conozco tu reputación. ¿Y quién no? Pero puesto
que solo son rumores y a mí me gusta sacar mis propias
conclusiones acerca de la gente, mantengo la mente
abierta.

–¿Debería darte las gracias por ello?

–Haz lo que quieras –dijo ella–. Sé que todo lo que
has conseguido en la vida lo has hecho sin ayuda. Doña
Ana me lo contó –comentó, hurgando en la herida que
había abierto sin querer–. No obstante, eso no me ex-
plica quién eres, ni si puedo confiar en ti...

Era demasiado. Ella estaba provocando que él expe-
rimentara demasiados sentimientos y eso no le gustaba.

La rodeó por un lado y se dirigió hacia la casa.

–¡Eh! –ella lo siguió y se colocó delante de él.

–Apártate de mi camino, por favor.

–No –contestó ella, cruzándose de brazos–. No vas
a dar ni un paso más. Ya te lo he dicho, no es conveniente que visites la casa.

Él podría cargarla a hombros y llevarla hasta allí,
pero eso no sería bueno para Rosie Clifton y quizá la
vida ya la había maltratado bastante. Era demasiado
joven e inocente para él, que tenía un gusto demasiado
sofisticado en el dormitorio. Ella no encajaba nada en
sus planes, excepto para sobornarla.

–He dicho que no –repitió ella al ver que él se movía.

Él se detuvo. Ella le parecía divertida. Tenía unos labios muy tentadores, a pesar de que estaba muy seria. De pronto, se le ocurrió una pregunta: ¿Rosie Clifton era tan inocente como aparentaba? ¿Realmente se había dejado llevar por las circunstancias o era una gran actriz que había conseguido engañar a su tía? En cualquier caso, trataría con la señorita Clifton y con un buen acuerdo económico conseguiría librarse de ella.

–Si no te quitas de mi camino, tendré que moverte.

Solo la idea de tomar en brazos a aquella mujer bastó para que su cuerpo ardiera de deseo.

Ella se rio.

–Me gustaría verte intentándolo.

Él levantó las manos. Podía esperar. Excepto por el tema del heredero, él tenía todas las cartas de la baraja y ella ninguna. Ella no podía enfrentarse en un juicio con él. No tenía dinero para hacerlo. Estaba a su merced. Incluso si él no conseguía tener un heredero y su mitad de la isla pasaba a manos de ella, Rosie nunca conseguiría dinero para gestionarla. Ambos sabían que el resultado era inevitable. Él poseería el cien por cien de Isla del Rey. Era cuestión de tiempo, y no serviría de nada hacer que se sintiera desdichada.

–Trata de ser razonable –sugirió él–. Es importante que vea la casa lo antes posible para valorar los cambios que hay que hacer.

–¿Qué cambios? –preguntó ella–. La hacienda está bien tal y como está.

Rosie dudaba de que hubieran reformado o arreglado algo desde los tiempos en que aquel hombre había vivido allí de niño. Siempre había pensado que la casa estaba perfecta. El paso de los años ayudaba a que fuera un lugar acogedor y especial, tal y como doña Ana lo había creado. ¿Qué derecho tenía él a hablar de posibles cambios?

–Cuanto antes, mejor –repitió él.

–Me temo que no será posible –dijo ella.

Xavier la adelantó de nuevo, pero ella lo siguió.

–No puedes mantenerme alejado para siempre –declaró él, mirándola fijamente–. ¿O es que te has olvidado de que poseo el cincuenta por ciento de esta isla?

–No me he olvidado de nada –dijo ella, recordando las extrañas condiciones que doña Ana había puesto en la herencia. No le extrañaba que él estuviera tan enfadado.

Ella necesitaba conseguir dinero para permanecer viviendo en la isla y él necesitaba un heredero.

–Lo único que pido es quedar otro día. Cuando ambos nos hayamos tranquilizado y estemos vestidos para la ocasión, estaré encantada de mostrarte el lugar.

Rosie siempre había utilizado la lógica para solucionar situaciones difíciles durante el orfanato. Si algo había aprendido al vivir en una institución eran las reglas básicas de supervivencia. La más importante de todas era no provocar reacciones en cadena, y si eso ocurría tratar de calmar la situación cuanto antes.

Al ver que don Xavier la miraba de arriba abajo con sus ojos negros, se estremeció. Su cuerpo desnudo deseaba que él le prestara más atención. Por fortuna, ella era más sensata que eso.

–Mi secretaria se pondrá en contacto contigo –dijo él con frialdad–. Cuando yo haya tenido la oportunidad de ver la casa y la isla, te convocaré a una reunión en la península donde discutiremos las condiciones.

¿Qué condiciones? ¿Cuándo había aceptado ella tal cosa? No pensaba asistir a ninguna reunión en la península. ¿Sus condiciones? ¿Su territorio? Era joven, pero no estúpida.

–No estoy segura de que eso sea conveniente para mí –dijo ella–. Por lo que sé, no tenemos nada que discutir. Las condiciones de la herencia son muy claras.

Él se puso muy serio. Era evidente que no estaba acostumbrado a que le llevaran la contraria.

—¿Estás atrapada en la isla?

—No, pero tengo mucho por hacer.

—¿Ah, sí? No tienes dinero... ni ingresos.

—Puedo hacer muchas cosas a base de trabajar duro y sin dinero —contestó ella—. Y solo porque hasta el momento no haya conseguido un préstamo no significa que vaya a abandonar. No creo que tu tía abandonase. Y no creo que doña Ana me dejara la mitad de la isla a menos que confiara en que yo podría solucionar las cosas.

—Tengo entendido que tienes la intención de ayudar a los isleños a producir productos ecológicos.

—¿Por qué no?

¿Quizá era mejor que intentara suavizar su postura y tratar de ganarse su apoyo? Su objetivo era ayudar a los isleños, no a sí misma, y si no controlaba sus sentimientos, algo que normalmente no tenía problema en lograr, la próxima comisión que llegara a la isla sería la de los asesores legales de don Xavier.

No podía correr ese riesgo. No tenía dinero para enfrentarse a ellos. Había llegado la hora de tragarse su orgullo y hacer que se sintiera bienvenido. Quizá juntos podrían encontrar una solución. Como no se le daba bien adornar las cosas, dijo lo primero que se le ocurrió:

—Si vuelves mañana te prepararé helado.

Él la miró como si lo hubiera invitado a participar en una sesión de *bondage*.

—Mañana a las tres —replicó—. Y sin helado.

Capítulo 3

AL DÍA siguiente a Rosie le latía con fuerza el corazón mientras esperaba la llegada de don Xavier. Era un hombre frío y arrogante, pero ella estaba nerviosa por la idea de volverlo a ver. No tenía una vida muy emocionante, pero siempre había sido una soñadora. Y ese día, don Xavier era la estrella. Quizá el hecho de que él necesitara un heredero había provocado que se le disparara la imaginación. ¿Cómo iba a conseguir uno? ¿Con quién? Era probable que tuviera montones de novias, pero ella no se imaginaba que fuera capaz de sentar la cabeza.

En honor a su visita, se había puesto el único vestido que tenía. Lo había comprado en una tienda de segunda mano con el poco dinero que recibía de la asociación benéfica del príncipe. El dinero se suponía que era para prepararla para su trabajo y lo había gastado en libros para aprender a comprender mejor a los ancianos.

El vestido era de color amarillo, con falda de vuelo y cuerpo ceñido. El color no favorecía mucho su tez pecosa y contrastaba demasiado con su cabello pelirrojo, pero no había tenido mucho donde elegir. Además estaba anticuado, pero Rosie pensó que sería el tipo de prenda que no escandalizaría a una mujer mayor. No obstante, a doña Ana le horrorizó, pero Rosie seguía pensando que era bonito.

Miró por la ventana de la cocina y se preguntó si

don Xavier habría cambiado de opinión. A lo mejor llegaban sus representantes y trataban de echarla de allí. Al pensar en ello se le aceleró el pulso. Sería mejor que regresara él y se enfrentara a ella.

Por el momento, el mar estaba azul y vacío. No se acercaba ninguna lancha negra ni ningún atractivo español. Ella estaba preparada para lo que esperaba. Había limpiado la casa de arriba abajo y estaba satisfecha porque nunca había tenido un aspecto mejor. Él iba a quedarse impresionado. Ella siempre había deseado tener una casa que cuidar, y el trabajo le parecía un privilegio en lugar de una pesadez. Y estaba dispuesta a dejar de lado su orgullo si conseguía convencerlo para que le hiciera un préstamo para ayudar a los isleños a lanzar su plan para comercializar sus productos por todo el mundo.

Cuanto más pensaba en ello, más se preguntaba acerca de las intenciones de doña Ana al redactar su testamento. ¿Era su último intento para salvar a don Xavier de una vida vacía y sin sentido? ¿O era que Rosie estaba siendo romántica otra vez? En su opinión, ni siquiera todo el dinero del mundo podría comprar el amor y el apoyo que brindaba una familia, y aunque don Xavier no lo supiera, doña Ana había estado esperándolo para recibirlo nuevamente en la familia con los brazos abiertos.

Retirándose un mechón de pelo de la cara, Rosie se separó de la ventana. Parecía que él no iba a acudir. Miró las flores que había cortado del jardín por la mañana y sonrió. Eran rosas blancas que crecían en grupos como familias. Había muchas cosas en la isla que merecía la pena conservar.

Rosie se había quedado cautivada con la belleza de Isla del Rey desde el primer momento. Era un lugar cálido y soleado comparado con el orfanato donde ella había crecido en el centro de la ciudad. Había playas de arena fina y colores brillantes por todos los sitios, mucho espacio y aire fresco para respirar. Rosie había dejado atrás una ciudad gris y las restricciones del orfanato. En la isla se había sentido libre por primera vez en la vida. La gente de allí le encantaba por su manera de sonreír y saludarla, como si quisieran recibirla en su bonita isla. Desde el primer momento, la causa de aquellas personas se había convertido en su propia causa.

Quizá el mejor regalo que había recibido a su llegada había sido descubrir que tendría una habitación para ella sola. Y era una habitación preciosa. Amplia y luminosa y con vistas al océano.

Era como un sueño convertido en realidad. Otro de sus lugares preferidos de la hacienda era la biblioteca, donde doña Ana la había animado a leer todos los libros que quisiera. Fue entonces cuando Rosie sugirió que podría leer para la señora. Desde ese día compartieron muchas aventuras y Rosie estaba segura de que eso había ayudado a que se sintieran más unidas. Las diferentes historias habían animado a doña Ana a compartir varios episodios de su vida con Rosie. La joven tenía muy poca experiencia en el amor, pero gracias a leer para doña Ana había desarrollado el amor por la familia y el deseo de encontrar un romance como el que aparecía en los libros. También anhelaba tener hijos para poder contarles todo acerca de doña Ana, y mantener viva la memoria de aquella mujer tan especial. Su sueño era que sus hijos transmitieran a sus hijos el recuerdo de aquella mujer, para que pudieran comprender cómo la vida podía cambiar cuando una persona se preocupaba por alguien tanto como para marcar la diferencia.

El día en que doña Ana le pidió a Rosie que se quedara con ella y le ofreció un trabajo permanente, fue el más feliz de su vida. Y aquella fue la decisión más fácil de todas las que había tomado. Doña Ana era la figura materna que ella nunca había conocido. Rosie quería a aquella mujer por su tremenda amabilidad y su gran corazón.

«Siempre la querré», pensó Rosie mientras se miraba el reloj de pulsera y fruncía el ceño por enésima vez.

Xavier miró el reloj y apretó los dientes. Nunca se había sentido tan impaciente por salir de una reunión, y deseaba regresar a la isla.

¿Y de quién era la culpa?

La imagen de una mujer de tez pálida, expresión decidida y melena pelirroja apareció en su cabeza. Xavier la bloqueó inmediatamente. Lo último que necesitaba era que su instinto primitivo condicionara su fama de hombre despegado.

Además, los recuerdos conflictivos que tenía acerca de Isla del Rey, contribuían a su malestar. De joven había odiado la isla por sus restricciones. De niño había asociado aquel lugar con un sentimiento de decepción y soledad, que únicamente era soportable gracias a la intervención de su tía.

Sus padres nunca le habían dicho que lo querían y no paraban de decirle que era el resultado de un accidente y que tenerlo suponía un inconveniente. La esperanza de que algún día llegaran a quererlo tardó mucho en desaparecer. Cuando regresaba del colegio emocionado con verlos otra vez, se encontraba con que estaban preparados para marcharse en cuanto llegara. O le prometían que irían y no aparecían.

Un día su madre le dijo que todo lo que él tocaba se convertía en polvo, y que antes de tenerlo a él, ella había sido una mujer guapa a la que su padre quería, pero que gracias a Xavier, ya no era nadie. Que él la había destrozado. Y, cuando su hijo de siete años le suplicó que no le dijera esas cosas, agarrándola de la mano mientras ella se marchaba de la habitación, ella se lo quitó de encima y se rio al ver que se ponía a llorar. No era de extrañar que se hubiera mantenido alejado de las relaciones románticas. Había comprobado dónde llevaban.

Doña Ana había ocupado el vacío de sus padres, lo había criado y lo había animado a descubrir lo mejor de la isla, a nadar en ella, a navegar... Él había disfrutado de su primera relación amorosa en la playa. Y aunque su tía le había dicho en numerosas ocasiones que las palabras de su madre eran producto de la inestabilidad emocional de una mujer con problemas, todavía rondaban en su cabeza. Xavier era incapaz de amar. Era un cenizo, un desgraciado que destruía el amor...

Al oír que Margaret, su segunda al mando, tosía para llamar su atención, se volvió.

–¿Quieres que estos planes se pongan en marcha inmediatamente, Xavier?

–Eso es –confirmó él.

Ella sabía que él estaba recordando. Margaret tenía mucha sensibilidad para saber cuándo él se estaba enfrentando a los demonios del pasado.

–¿Y quieres hacerlo antes de intentar llegar a un acuerdo satisfactorio con Rosie Clifton?

–¿Dudas de que consiga llegar a un acuerdo con ella?

Todos menos Margaret se rieron de su comentario. Margaret había leído el testamento, así que sabía que él tenía que conseguir un heredero. Dos años no era mucho tiempo. ¿Qué se suponía que debía hacer? ¿Tener un hijo con la primera mujer que se cruzara en su camino?

–Creo que nunca nos habíamos encontrado en una situación tan delicada como esta –comentó Margaret pensativa.

–Si te refieres a que la señorita Clifton se guía por las emociones mientras que yo solo trabajo con hechos, probablemente tengas razón –admitió–. Aunque seguramente eso garantice un buen resultado para nosotros.

Al margen de que Margaret estuviera de acuerdo o no, él continuaría adelante con sus planes. ¿Quién iba a interponerse en su camino? Rosie Clifton desde luego que no...

«Rosie Clifton...».

No podía quitársela de la cabeza. Su nombre bastaba para que su cuerpo reaccionara. Sospechaba que bajo su aspecto serio, la señorita Clifton era capaz de formar una tormenta...

–Nunca te he visto tan distraído en una reunión –comentó Margaret discretamente.

Él se fijó en que los asistentes estaban saliendo de la sala mientras él se dedicaba a pensar en Rosie Clifton. Se alegraba de que el ambiente fuera de entusiasmo. Su equipo era como una jauría de galgos dispuesta a conseguir cada detalle de su plan.

–Tienes razón –admitió él mientras se levantaba para sujetar la silla de Margaret–. Tengo muchas cosas en la cabeza.

Siempre había considerado a las mujeres como un adorno del que disfrutar y al que admirar brevemente. Nunca había pensado en ellas como madres potenciales de sus hijos. De hecho, nunca había pensado en tener hijos ni en sentar la cabeza. La vida le había arrebatado esa idea. Su mejor plan era hacerle una oferta de compra a Rosie Clifton que ella no pudiera rechazar.

«Aunque quizá la rechace».

Existía esa posibilidad. La cifra que tenía en mente

era sustanciosa, pero ¿la aceptaría? Era una idealista que tenía sus propios planes para la isla. Rosie sabía que él era famoso por su capacidad para transformar un páramo en un lugar de lujo, pero para Rosie aquella isla era mágica y tenía mucho potencial... Aunque no para un hotel de seis estrellas.

–Xavier...

–¿Sí, Margaret? –Xavier confiaría su vida a aquella mujer. Ella era la única a la que podría confiar su fortuna. Margaret tenía cincuenta y cuatro años. Era su directora financiera y la persona gracias a la que él podía tomarse tiempo libre del trabajo. A la hora de juzgar a la gente, no tenía igual. ¿Qué pensaría acerca de la señorita Clifton?

–Sabía que la reunión podía alargarse –dijo ella, mientras él le sujetaba la puerta–, así que me he tomado la libertad de pedir que preparen el helicóptero para ti. Puedes marcharte ya.

Otro de los talentos de Margaret era su capacidad para leerle el pensamiento. Él sonrió. Era la única mujer que nunca lo había decepcionado en su vida. Se despidieron, y continuaron por caminos separados.

Por la tarde, Rosie estaba sentada en la playa mirando al mar con los pies en el agua y no paraba de repetirse que don Xavier no iba a aparecer.

Debería sentirse aliviada por el hecho de que no apareciera, pero no lo estaba. Por un lado, quería terminar con aquel asunto cuanto antes y, por otro, deseaba volver a ver a Xavier. Estaba convencida de que él no podía admitir que la isla todavía significaba algo para él, y que había decidido mantenerse alejado. Ella también tenía dificultad con las emociones, y había ocultado las suyas durante años. Si en el orfanato hubiera contado sus sueños románticos se habrían reído de ella, pero nunca había dejado de soñar. De hecho, a veces pensaba que soñaba demasiado, pero al menos no se había convertido en un bloque de hielo como don Xavier.

¡Eran casi las seis! El día había pasado volando. Era hora de regresar a la casa. La luz del atardecer se estaba volviendo dorada y la puesta de sol prometía ser espectacular, por eso permanecía en la playa. El mar estaba tan calmado que parecía una pista de patinaje, pero ni siquiera contemplándolo conseguía calmarse. Su enfado por que don Xavier no hubiera aparecido era más fuerte. Al parecer, a él le resultaba fácil distanciarse de las cosas y ella estaba esperando tener otra conversación con él. Tenían que solucionar el futuro de la isla, y debían hacerlo lo antes posible. Era su deber hacia los isleños.

Ella quería tener la oportunidad de hacerle entender lo mucho que le importaba la isla, y lo afortunada que se sentía por haber tenido la oportunidad de vivir allí. Ayudar a los isleños era la manera de agradecerles la amabilidad que habían mostrado hacia ella. Su sueño era compartir la isla con otra gente joven que no tenía oportunidades en la vida. Suponía que eso tendría que esperar, puesto que sus ahorros iban a terminarse pronto...

Un sonido que no conseguía identificar la distrajo. De pronto, se percató de que era el sonido de un helicóptero acercándose. Se puso en pie y vio que aparecía sobre la colina del fondo de la bahía, volando en un ángulo demasiado pronunciado. El aparato se dirigió hacia el mar y giró hacia ella en el último momento para adentrarse en la isla.

Solo podía ser una persona. Y ella no debería estar allí en la playa, sino en la casa y dispuesta a recibirlo.

¡Al diablo con la idea de recibirlo! Debería estar en la casa para establecer su derecho a llamar «hogar» a ese lugar. El único hogar que había conocido nunca. Además, la hacienda lo había sido todo para doña Ana y ningún hombre condescendiente iba a destrozarla construyendo un hotel de lujo. Rosie se quitó las sandalias y comenzó a correr.

Subió por la colina como si la estuvieran persiguiendo y no se detuvo hasta llegar a la valla que supuestamente separaba el jardín de la naturaleza salvaje. De pronto se fijó en que la valla estaba bastante rota y que el jardín también se había vuelto salvaje.

Al pensar que Xavier también podría fijarse en esas cosas hizo una mueca. Sabía que había cosas en mal estado, pero no en tan mal estado. No tenía dinero para pagar a un jardinero y tenía demasiado trabajo dentro de la casa como para arreglar el jardín. Todo el tiempo libre que tenía lo dedicaba a buscar becas y ayudas para los isleños, tratando de ayudarlos a comercializar sus productos ecológicos.

Levantó la vista y vio que el helicóptero sobrevolaba la casa. Era como si un gigante hubiera llegado para reclamar su propiedad. Su sombra era como un presagio.

El helicóptero descendió despacio y se apoyó sobre los patines. Rosie lo interpretó como una señal de que ella no tenía dinero, ni poder, ni influencia, mientras que don Xavier del Río tenía una caja registradora en lugar de un corazón. ¿Qué sucedería con la isla si ella no se mantenía firme? ¿Por qué doña Ana los había enfrentado de esa manera? No podía esperar que pudieran trabajar juntos. Era algo que don Xavier nunca se plantearía. Doña Ana no se caracterizaba por su voluntad de compromiso y, sin embargo, esperaba que ellos lo hicieran.

¿Podía decepcionar a la mujer que le había dado una oportunidad en la vida?

Rosie respiró hondo, se atusó el cabello y se alisó el vestido, preparándose para su segundo encuentro con don Xavier.

Capítulo 4

LA PUERTA de la cocina estaba abierta, así que Xavier entró. Olía a limpio, pero parecía un lugar viejo. Se apoyó en el fregadero para ver si la ventana corría peligro de caerse, tal y como le había parecido. Oyó un ruido suave detrás de él, una pequeña respiración. Se volvió, y vio que Rosie estaba allí.

Sus buenas intenciones no sirvieron de nada. Su cuerpo reaccionó nada más ver a Rosie Clifton, y su miembro se puso erecto. Ella era joven e inocente, y no era su tipo, pero al parecer no había nada que pudiera contrarrestar su atractivo. El sol del atardecer se reflejaba en su cara y la hacía parecer un ángel. Cuando entró del todo en la cocina, se fijó en su vestido. Era una prenda horrible que debía de haber pasado años colgada en una tienda de segunda mano, pero que sobre la señorita Clifton cumplía un firme propósito: resaltar todos los detalles de su silueta.

—Don Xavier —dijo ella con voz calmada, mientras se acercaba para saludarlo.

—Señorita Clifton —contestó él con frialdad.

—Rosie, por favor —insistió ella.

—Rosie —dijo él, fijándose en aquellos tentadores labios que no había conseguido borrar de su cabeza.

Ella extendió la mano para saludarlo y alzó la barbilla para mirarlo a los ojos. Él sintió la fuerza de su mirada en la entrepierna y notó que el deseo lo invadía por dentro.

–Bienvenido a la Hacienda Del Río –dijo ella con una sonrisa, como si él fuera un intruso. Después, al darse cuenta de su error, se cubrió la boca con la mano y soltó una risita–. Vaya metedura de pata, ¿no?

Él la miró fríamente a los ojos, tratando de descifrar su expresión. Había podido interpretar la mirada de todas las mujeres que había conocido en su vida, pero la de Rosie Clifton era un enigma. Ella lo intrigaba. Era demasiado segura de sí misma para ser una chica que había salido de la nada, y que hasta unas semanas antes no tenía nada más que su ropa.

Al ver una fría sospecha en su mirada, ella había dado un paso atrás. Al tocar la mesa, apoyó las manos sobre la superficie, provocando que sus senos se mostraran más prominentes que antes. Si cualquier otra mujer hubiese hecho lo mismo, él se habría preguntado si era una invitación, pero Rosie Clifton solo había conseguido parecer más joven y vulnerable que nunca. Quizá eso también era una artimaña.

–¿Así que por fin has llegado? –lo retó ella.

–He venido lo antes posible.

Ella apretó los labios y sonrió.

–Tu tía mencionó que eras adicto al trabajo.

Rosie se mostraba calmada, pero se había sonrojado ligeramente y se le había oscurecido la mirada. Observó que se le aceleraba la respiración y que sus senos se marcaban a través de la tela.

–Por supuesto, esta casa es tan tuya como mía –dijo ella.

–Qué amable por decir eso –él se resistió a comentar lo evidente, que su derecho se remontaba a miles de años.

–No te has olvidado del helado que te prometí, ¿verdad? He preparado de dos sabores.

Rosie no estaba segura de cuándo había decidido

tratar a don Xavier como a un ser humano normal en lugar de como a un aristócrata con siglos de linaje a sus espaldas. Eran completamente distintos en todos los sentidos, pero, puesto que nada podía cambiar tal cosa, ella había decidido ser natural.

Quizá era el efecto de doña Ana. En su testamento, doña Ana se había ocupado de que fueran iguales. El Grande de España y la chica huérfana compartían una gran responsabilidad gracias a la manera en que doña Ana había redactado su testamento, pero cuanto más pensaba en ello Rosie, más le parecía que el hecho de que don Xavier necesitara un heredero le daba cierta ventaja sobre él. Rosie no podía ejercer otro poder, pero él tenía que cumplir con un plazo o tendría que entregarle su cincuenta por ciento de la isla. Por supuesto, ella podría esperar y confiar en que él no tuviera un heredero en ese tiempo, pero no tenía intención de perder dos años de su vida esperando a que eso sucediera. Quería empezar a mover cosas en la isla cuanto antes, por el bien de los isleños.

«Lo ideal sería que trabajáramos juntos», pensó, desilusionándose un poco al ver que don Xavier no sonreía.

Se agachó para sacar el helado del congelador. De pronto, el ambiente de la cocina parecía haberse congelado.

Pasara lo que pasara, no tomaría ninguna decisión con la que no se sintiera bien. Doña Ana le había enseñado a no callar y aceptar sin más, sino a cuestionarlo todo.

—Vainilla —anunció—, y el favorito de doña Ana, fresas frescas. He recogido las frutas del huerto esta misma mañana.

—No he venido aquí para comer helado —dijo él, mostrando todo su poderío.

No esperaba que Rosie estuviera tan relajada en su segundo encuentro. Había tenido tiempo para pensar y seguramente se había percatado de lo desesperada que era su situación. Él estaba en un lado de la mesa de la cocina, y ella estaba en el otro, pero no parecía nada preocupada. Mientras abría el cajón para sacar las cucharas de servir, él dejó con fuerza sobre la mesa los documentos que había llevado.

Ella no los miró, o al menos no pareció que los mirara, pero lo provocó con una mirada.

–Parecen oficiales –dijo, y los apartó a un lado para poder poner los platos–. Parecen los típicos documentos que no llevan la felicidad a nadie. Doña Ana solía decirme: «Ten cuidado con los abogados, Rosie». Bueno, ¿qué sabor quieres?

Él se quedó sorprendido un instante. Se había encontrado numerosas situaciones complicadas en el trabajo, pero ninguna como aquella.

–¿De qué más te advirtió doña Ana?

–¿En serio? –dijo ella, poniendo una expresión atractiva mientras pensaba–. De nada. De ti no. Creo que confiaba en que yo pudiera salir adelante. Y al final, cuando se estaba muriendo, yo supe que estaba a punto de perder a la mejor amiga que había tenido nunca, y lo último en lo que pensaba era en abogados o testamentos.

Xavier la creyó.

–Si te parece bien, miraré esos documentos más tarde –dijo ella.

«Y, si a mí no me parece bien, también los mirará más tarde», pensó Xavier. No podía discutírselo, a él tampoco le gustaba hacer las cosas de forma precipitada.

–Hay una cosa que quiero hacer –dijo ella–, y espero que me acompañes...

–Depende de lo que sea –repuso él.

Rosie decidió que aunque nunca llegaran a hacer

algo juntos, al menos harían aquello. La ceremonia que
tenía en mente significaba tanto para ella como el brindis por la vida que había tenido un ser querido que se
hacía en los funerales. Tomarse el momento de brindar
por la vida de una mujer especial que había hecho tantas cosas por ambos, no era pedir demasiado.

–Yo no quiero helado, gracias –don Xavier levantó
la mano para rechazar el cuenco que ella le había preparado.

–Me temo que debo insistir.

–¿Debes insistir? –dijo él, mirándola como si se hubiera vuelto loca.

–No tengo champán para brindar por tu tía –explicó
Rosie–, y puesto que a doña Ana le encantaba el helado, pensé que ambos podíamos dedicar un momento
a recordarla.

Sentía tanta tensión en la garganta que cuando terminó su discurso no era capaz de decir nada más. Al
ver que él agarraba el cuenco, se sintió aliviada y consiguió decir:

–Por doña Ana...

Don Xavier tragó saliva y una pizca de brillo alcanzó su mirada. Después de todo, era un ser humano.

–Estoy segura de que, si hacemos esto juntos, podremos hacer otras cosas –comentó ella, esperando a que
él empezara a comer. Al ver que chupaba la cuchara
llena de helado, tuvo que contenerse para no suspirar
aliviada.

–Por doña Ana –murmuró él, mirándola a los ojos
hasta que consiguió prender una llama en su interior.

–Por doña Ana –repitió ella, tratando de no mirarlo a
los ojos y preguntándose qué más podría hacer con aquella boca tan sexy. Era tremendamente atractivo, y ella
nunca había estado a solas con un hombre así. Su hombre ideal se basaba en los héroes que aparecían en los

libros que solía leerle a doña Ana, y todos eran hombres fuertes, de cabello oscuro y con aspecto peligroso.

Si don Xavier hubiera hecho el más leve movimiento, ella habría echado a correr.

–¿Hemos terminado? –preguntó él, mirándola a los ojos.

–Sí, eso creo. Gracias –su cuerpo también estaba agradecido y sentía un fuerte cosquilleo de excitación.

Xavier deseaba untarla de helado y lamerla despacio. Tumbarla en la mesa de la cocina y complacer cualquier deseo de la señorita Clifton. Quería explorar despacio cada parte de su cuerpo y darle una buena utilidad al helado. El contraste del calor y el frío sería una tortura para ella... Y para él, pero una tortura que terminaría de manera tan placentera que ninguno de los dos olvidaría jamás.

–¿Me enseñas la casa? –preguntó él, tratando de distraerse.

–Por supuesto –ella sonrió, preguntándose qué había detrás de aquella mirada.

¿Por qué la mujer que él necesitaba apartar de su vida lo más rápido posible era tan atractiva y estaba tan preparada para que la sedujeran?

Necesitaba mantenerse centrado en su objetivo, es decir, en conseguir el cien por cien de la isla. Debía dejar al margen cualquier pensamiento que tuviera que ver con seducir a Rosie Clifton.

–Cuando hayamos terminado la visita, podrás firmar los documentos... –miró los papeles.

–Primero tendré que leerlos –repuso ella–. Es otra de las cosas que me enseñó doña Ana. «Nunca escribas nada que no quieras que lea todo el mundo, y nunca firmes nada hasta que no sepas qué es».

Xavier se dirigió hacia la puerta de la cocina para disimular su impaciencia.

–¿No confías en mí?

–¿Debería?

Para entonces él debería haberse acostumbrado a sus comentarios directos. Aquella mujer no había tenido oportunidad de desarrollar sus habilidades sociales. Rosie Clifton era tal y como se mostraba. Era la mujer más directa que había conocido nunca.

–Los documentos que tienen que ver con el futuro de la isla –le informó–, algo que creía que te preocupaba de verdad.

–Así es –le aseguró–, pero también me preocupa el último deseo de doña Ana.

–En ese caso, los leerás y los firmarás.

–Cuando los haya leído, decidiré qué hacer –dijo ella, con un tono tranquilo.

–Hablaremos de eso más tarde –replicó él–. Se está haciendo de noche.

«¿Más tarde?», pensó ella. ¿Cuánto tiempo pensaba quedarse? Y le daba la sensación de que daba igual que ella leyera los documentos más tarde, parecía que él ya tenía tomada la decisión respecto a la isla.

–¿Me estás prestando atención, Rosie Clifton?

–Totalmente –contestó ella–. ¿Quieres que vaya primero?

–¿Lo harías? –murmuró él en tono burlón.

–Me encantaría –contestó ella, suponiendo que quizá fuera la única vez que iría un paso por delante de don Xavier.

Capítulo 5

AQUELLO era peor de lo que Xavier pensaba. La visita fue mucho más larga de lo esperado. Cuando terminaron con la casa, ya casi era de noche. ¿Cuánto tiempo había pasado alejado de la isla? No creía que fuera tanto tiempo como para que la casa empezara a estar en ruinas. Había mantenido una expresión neutral durante toda la visita, pero ambos sabían que, si él le hubiera dedicado un poco de tiempo a su tía, podría haber evitado el deterioro del lugar. Estaba tan mal que era mejor demoler la hacienda y volverla a construir. Incluso en la oscuridad del porche notaba que las vigas estaban podridas bajo sus pies.

Rosie lo observó mientras él caminaba pensativo. Él trataba de convencerse de que aquello no era más que una operación de negocios como otra cualquiera, pero la expresión de agonía que ponía Rosie cada vez que él descubría un nuevo fallo lo afectaba. Solo por la expresión de su rostro ella debía de saber que la casa necesitaba demasiados arreglos. Había que demolerla antes de que se produjera un accidente.

Al menos él comprendía por qué doña Ana se había encargado de mantenerlo alejado. Era una mujer que odiaba los cambios, y debió de cerrar los ojos para no ver el deterioro que sufría el lugar. Siempre había sido muy orgullosa y había rechazado su ayuda. Él le había suplicado que aceptara los cuidados de un profesional cuando comenzó a tener problemas de salud, y dinero para la isla, pero ella había rechazado ambas cosas insistiendo en que todo iba bien en la isla, y que buscaría una acompañante en una de las múltiples asociaciones benéficas que él había fundado. Rosie Clifton había sido la elegida.

–¿Ocurre algo? –le preguntó a Rosie al ver que entraba en la casa de forma apresurada.

–Tengo frío. Voy a por un jersey. Por favor... como si estuvieras en tu...

Xavier notó que se le quebraba la voz y supo que estaba a punto de llorar. Unos días antes, le habría parecido algo bueno. Por supuesto que lloraría. Por supuesto que la pequeña huérfana necesitaba su ayuda, pero la situación resultaba ser mucho más complicada. Él sabía lo que era mantener una propiedad y tenía una visión realista. Rosie solo sabía que aquella era la casa de doña Ana, y por tanto consideraba que la hacienda era intocable.

Al menos ya había comprendido la enormidad de la tarea que había por hacer. No le quedaba más remedio que firmar los documentos. Ella no podía conseguir el dinero. Lo había intentado y había fracasado. Tenía que aceptar que solo podía salvar la isla con el dinero de él. Xavier le estaba ofreciendo mucho más de lo que merecía su parte, como reconocimiento por los cuidados que había prestado a su tía. El trabajo de Rosie había terminado y era el momento de que continuara con su vida.

Si Rosie se negaba a aceptar el dinero, sus abogados entrarían en acción. Independientemente de lo que Rosie decidiera, el resultado sería el mismo. No permitiría que su juicio se viera nublado por el interés que sentía por aquella jovencita, y él nunca había fracasado en una negociación. La única diferencia era que en esa ocasión se arrepentiría de que Rosie saliera de su vida. De eso y de la idea de que otro hombre le pusiera las manos encima. Al sentir que se le erizaba el vello de la nuca, supo que había llegado el momento de recordarse que la señorita Clifton no tenía lugar en su vida.

Rosie había hecho lo único que había prometido no hacer. Sentía rabia y frustración por haber mostrado sus sentimientos, algo que había aprendido a no hacer en el orfanato. Don Xavier había conseguido que perdiera el control en un par de horas. Ella había huido del problema, de varios problemas: la casa, la isla, la herencia y él. Estaba encerrada en su habitación tratando de decidir qué hacer. No tenía ninguna experiencia en negociaciones de alto nivel. Durante la visita él había encontrado fallos en todos los sitios y eso resultaba doloroso, teniendo en cuenta que aquella era la única casa que ella había conocido. De todas maneras no estaba dispuesta a ceder y vender. Tenía que encontrar una salida o en poco tiempo entraría una cuadrilla de hombres y arrasaría con las tierras de los isleños. Y sí, la casa se estaba derrumbando. Rosie estaba dispuesta a creer que era tan peligrosa como él decía, pero tanto la casa como la isla se merecían una segunda oportunidad.

«Lo que no te mata, te vuelve más fuerte», solía decir doña Ana. Rosie debía continuar con las reuniones que tenía programadas con los isleños y perseguir a las grandes cadenas alimentarias hasta que alguna de ellas se animara a poner en práctica sus ideas. No abandonaría hasta agotar todas las esperanzas. Y, cuando eso sucediera, pensaría en algo más.

Sentada en su cama, contempló las manchas de humedad que había en el techo y prometió que Isla del Rey nunca albergaría uno de los hoteles de lujo de don Xavier. Lucharía tal y como doña Ana había luchado toda su vida.

«Cueste lo que cueste, debemos mantener esta isla intacta, Rosie», recordó las palabras de la anciana.

Y, si Rosie tenía que presionar a Xavier para que se echara atrás, buscaría la manera de hacerlo.

Rosie tardaba tanto en regresar que Xavier decidió ir al piso de arriba a buscar una habitación.

Lo ideal habría sido encontrar una con la señorita Clifton dentro...

Al instante bloqueó ese pensamiento. No podía permitirse distracciones. El trabajo allí no podía esperar. Había llevado una bolsa de viaje con lo necesario para pasar la noche, presuponiendo que la inspección de la isla podía llevarle algún tiempo...

–¡Señorita Clifton! –Xavier estuvo a punto de chocarse con ella cuando salió de la habitación–. ¿Estás bien? –preguntó, sujetándola por los brazos. Notaba que estaba tensa y su mirada se había oscurecido de pasión.

–¡Don Xavier!

–¿Qué te pasa? ¿Qué te preocupa?

–Tus planes de destrozar la isla.

Él soltó una risita.

–Está claro que sabes más que yo sobre mis propios planes.

Ella respiraba de forma agitada. «Es como un pequeño animal salvaje», pensó él. Refugiada en su madriguera la mayor parte del tiempo y convertida en tigresa cuando salía al exterior.

–No hay nada decidido todavía, así que ¿puedo sugerirte que te tranquilices?

–No me digas lo que tengo que hacer. ¿Tranquilizarme? Será mejor que me sueltes.

Sí. Era lo mejor. Él la había sujetado todo ese tiempo y ella no había intentado liberarse.

–Sé que debes de estar disgustada por todas las cosas que te he mostrado hoy –dijo él–, pero tengo la obligación de mostrarte los peligros que corres mientras vivas en esta casa.

A Rosie se le llenaron los ojos de lágrimas. Él no sabía qué era peor, si verla enfadada o ver que se sentía desdichada.

Ella se secó las lágrimas mirando hacia otro lado.

–No tienes que preocuparte –dijo él, conmovido por lo sola que ella se sentía–. Me quedaré hasta que haya terminado un inventario de todos los arreglos que hay que hacer aquí.

–¿Qué? –preguntó sorprendida.

–¿Supongo que esperabas que me quedara esta noche?

–No –lo miró a los ojos–. Me sorprende que estés dispuesto a correr el riesgo.

Él intentó no sonreír.

–Creo que también me consideras un peligro, Rosie Clifton.

Ella lo miró desafiante y movió los brazos para liberarse.

Él la soltó.

–Por supuesto que has de quedarte a pasar la noche –le dijo ella en tono agradable–. Esta casa es tan tuya como mía.

Él inclinó la cabeza, preguntándose durante cuánto rato sentiría su calor en las manos. El recuerdo de aquel cuerpo pequeño revolviéndose contra el suyo permanecería mucho tiempo en su memoria.

–Si no recuerdo mal, hay seis o siete dormitorios –comentó él–. Eso significa que yo puedo dormir en una punta de la casa y tú en la otra.

–No me molestarás –le aseguró ella.

Él no estaba de acuerdo. Tenía la sensación de que

incluso con las puertas cerradas, y estando en el otro extremo de la casa, se molestarían el uno al otro durante toda la noche.

—Iré a buscar sábanas para tu cama —comentó ella, y se marchó.

Rosie notaba el calor de la mirada de Xavier sobre su espalda y en cuanto estuvo fuera de su campo de visión, se apoyó en la pared para relajarse un instante. ¿Qué le estaba pasando? Él era como un imán que la atraía hacia el peligro, y ella no era capaz de apartarse de él. Todavía sentía el calor de sus manos en los brazos. Cerró los ojos y disfrutó un momento de la sensación, pero solo sirvió para que deseara más.

Debería odiarlo por lo que representaba, y por el peligro que suponía para la isla, pero no era fácil hacerlo cuando el deseo la invadía por dentro. Además, iba a quedarse a pasar la noche. Era algo demasiado íntimo.

Abrió la puerta de un armario y buscó las mejores sábanas entre una pila de juegos gastados. Al menos estaban limpias y olían a aire fresco. Al salir al pasillo oyó que don Xavier estaba en uno de los dormitorios. Rosie se detuvo en la puerta, respiró hondo y llamó de manera educada.

—Pasa...

Su tono mandón provocó que le hirviera la sangre. Ella trataba de ser hospitalaria y él la trataba como si fuera el ama de llaves. En realidad, eso era lo que había sido. No dejaba de ser una situación cómica. Al entrar en el dormitorio, miró a su alrededor: el caro maletín de piel y la ropa elegante sobre la cama...

Y él.

No pudo evitar que el corazón comenzara a latirle

con fuerza. No conseguía acostumbrarse a la presencia de aquel hombre.

–¿Señorita Clifton?

Rosie puso una expresión neutral y educada y dejó las sábanas sobre la cama.

–Te pido disculpas. Retiraré mis cosas para que puedas hacerme la cama.

A juzgar por cómo arqueó las cejas Xavier, Rosie debía de estar boquiabierta.

–¿Tienes algún problema con eso? –preguntó él sorprendido.

Sí. Lo tenía. Él tenía dos manos igual que ella. Y algo tan sencillo como hacer una cama podía contribuir a que don Xavier se hiciera una idea equivocada. En cuanto a la herencia se refería, eran iguales. Si ella cedía a sus caprichos y le daba la impresión de que nada había cambiado, ¿cómo iba a hacerle frente a sus planes para la isla?

–Le harías la cama a un amigo o una visita, ¿no? –preguntó él.

–Con gusto –admitió Rosie–, pero hasta que no demuestres que eres una de esas dos cosas...

Él soltó una carcajada.

–Me tienes muy entretenido –admitió–. Nunca sé qué esperar de ti.

–¿Las buenas noches? –sugirió ella antes de dirigirse hacia la puerta.

–Continuaremos con la visita a las seis en punto.

–Apenas hay luz a esas horas...

–Hay luz suficiente –dijo él–. Tengo muchas otras cosas que hacer. Soy un hombre muy ocupado. No puedo entretenerme aquí siempre.

«Por suerte», pensó ella.

–Buenas noches –dijo él.

Al ver que él esbozaba una sonrisa, ella se encogió

de hombros. La había despachado. Rosie cerró la puerta con cuidado, a pesar de que deseaba cerrar dando un portazo.

A la mañana siguiente, Xavier estaba despierto mucho antes del amanecer. No había dormido y confiaba en que la señorita Clifton hubiera pasado también una mala noche. Él se miró en el espejo, furioso por haber pensado en ella nada más levantarse. Y durante la noche. No había podido quitársela de la cabeza.

Si las cosas hubiesen sido diferentes entre ellos, habrían limado las diferencias en la cama, pero eso no era una opción con Rosie Clifton. Ella estaba poniendo a prueba su poder femenino, algo que él sospechaba que era una novedad para ella. Nada más conocerla ella se mostraba inquieta pero controlada, después, sus ojos de color amatista echaban fuego cada vez que lo miraban. A él le gustaba. Ella le gustaba. Era tan decidida como él y sería una buena oponente en cualquier disputa, así que, cuando finalmente admitiera que había perdido y aceptara entregarle su cincuenta por ciento de la isla, Xavier tendría un dulce momento. Resultaría muy agradable escapar de la trampa que le había tendido su tía.

«Muy bien. Tranquila», se dijo Rosie mientras don Xavier salía de la casa. Estaba muy atractivo con los pantalones vaqueros que llevaba y la camiseta ajustada contra su torso musculoso. Su cabello oscuro estaba alborotado y su mentón estaba cubierto de barba incipiente. Su aspecto era oscuro, poderoso, amenazante y sexy. Parecía como si alguien hubiera prendido su mecha esa misma mañana, pero ¿ella sería lo bastante sensata como para mantenerse alejada de la explosión?

–Buenos días –dijo él.

Hasta su voz era viril.

–¡Buenos días! –respondió ella, con una sonrisa. ¿Recordaría lo que habían sentido al tocarse de manera accidental? ¿Y esas miradas que habían cruzado durante unos instantes? ¿Habría estado dando vueltas en la cama toda la noche como ella? Solo podía confiar en que...

–¿Preparada para la visita? –preguntó él, acercándose a ella.

–Por supuesto –contestó Rosie–. ¿Vamos?

–Guíame.

Mientras caminaban ella lo miró de nuevo. Habría sido mucho más sencillo compartir la herencia con un hombre mayor que con aquel forajido de cabello alborotado que había conseguido estar todavía más atractivo que cuando salió del mar. Ella deseaba haberse esforzado un poco más con su propio aspecto, pero debido a la falta de sueño y para no llegar tarde al encuentro, se había puesto lo primero que había encontrado. Una camiseta vieja y un pantalón corto.

«Esto no es un desfile de moda», se recordó Rosie, «sino el comienzo de una negociación a sangre fría».

¿De veras? Entonces, ¿por qué le resultaba tan difícil concentrarse?

Porque no paraba de pensar en don Xavier dándose una ducha. Ella había oído el agua de la ducha mientras preparaba el café, justo debajo del baño. Se lo había imaginado desnudo, con la cabeza bajo el agua y los ojos cerrados mientras se pasaba la mano por el cabello oscuro. Después, sus manos se deslizaban despacio por su cuerpo, deteniéndose un instante en sus nalgas de acero y en otros puntos importantes del camino...

–¿Señorita Clifton?

–Lo siento... ¿Me he perdido algo?

Ella pestañeó y miró a Xavier a los ojos.

–¿Encontraste el café que dejé sobre el fuego?

–Sí. Gracias.

–Bien –le costaba borrar las imágenes eróticas de su mente, sobre todo porque se había pasado toda la noche fantaseando con ellas.

–¿Ocurre algo? –preguntó él, al ver que se mordía el labio inferior.

–Nada –contestó ella, tratando de concentrarse en lo que tenían por delante.

–Me gustaría comenzar la visita por el camino que lleva hasta la playa.

Xavier consiguió que volviera a centrarse con solo unas pocas palabras. El camino era estrecho y peligrosamente empinado. Había rocas sueltas y pizarras donde uno podía resbalarse.

–Esto parece peligroso –dijo él, cuando alcanzaron la parte alta del camino.

Si él pudiera ver la isla a través de los ojos de ella...

–Agárrate a mí –dijo él, ofreciéndole la mano.

–Está bien. Bajo por aquí cada día –declaró ella, y no le dio la mano.

–Si vienes sola por aquí y te caes, podrías estar horas tirada en el suelo. Al menos debería haber una barandilla...

Ella comenzó a caminar más deprisa.

–¡Espera! No quiero ser yo quien recoja tus restos si te caes entre las rocas.

–No te imagino haciéndolo –gritó ella–. ¿Cómo quedaría en un juicio?

Entonces, de repente, él se colocó frente a ella. Si ella se había arriesgado bajando, él todavía más.

–Dame la mano –insistió con frialdad.

Ella apretó los dientes y se la dio. Parecía que él no estaba dispuesto a moverse si no lo hacía. La agarró con firmeza y la excitación provocó que ella se quedara sin respiración unos instantes. Hasta que recordó dónde estaban y quién era él.

–Mira dónde pones los pies –dijo él.

Momentos más tarde, ella se detuvo un instante.

–¿Ya estás cansada? –preguntó él.

–No. Estoy admirando la vista –dijo ella, tratando de no mirar a los ojos a un hombre que la hacía sentir montones de cosas indeseables.

–Debiste de quedarte muy impresionada cuando viste la costa por primera vez –comentó él de manera relajada.

–¿Al ver la belleza de esta isla después de vivir en la ciudad? Ni te lo imaginas.

–Un poco sí –repuso él, mirando al mar–. Yo lo estoy viendo todo de otra manera.

Rosie se preguntó si se refería gracias a ella. Al menos estaban un poco más relajados y eso no podía ser malo.

–Después de vivir en el orfanato, venir aquí fue como llegar al paraíso –admitió–. Me quedé impresionada con la belleza de la isla. Mirara donde mirara había vistas bonitas, espacios amplios, libertad... –estiró los brazos para expresarlo–. No encontraba ni un solo fallo...

–¿Y ahora? –preguntó él.

Ella dejó de sonreír. No había encontrado ni un solo fallo en la isla hasta que llegó Xavier.

–Sin duda hay que poner una barandilla aquí –dijo él, cuando ella continuó bajando.

–No hay dinero para una barandilla, ni siquiera para una cuerda –recordaba cómo le había suplicado a doña Ana que pusiera algo para que la mujer pudiera bajar a la playa con seguridad. Se sentía culpable por no haberse percatado de que no tenía casi dinero, y por cobrar un sueldo cuando podían haber invertido el dinero en reparaciones.

—¿Mi tía bajaba por este camino? —preguntó Xavier.

—Oh, sí —confirmó Rosie con una sonrisa—. Solía decir que podía bajar resbalando con el trasero y subir a cuatro patas. Solía preguntarme: «¿Qué hay de malo en ello, señorita? ¿Crees que soy demasiado vieja para eso?».

—¿Y tú qué le decías?

—Yo contestaba lo que esperaba oír, que no era demasiado vieja. Y si me aventuraba a darle mi opinión diciendo: «Pienso que...». Ella me decía: «No pienses. Mi trabajo es pensar, el tuyo no».

Xavier se rio.

—Supongo que ambos conocimos sus comentarios.

—Yo nunca me ofendí —explicó Rosie—. Simplemente acepté que por muy amigas que fuéramos, cuando se trataba de Isla del Rey, doña Ana siempre estaba a cargo.

«Y siempre había sido así hasta que falleció, pero ahora el futuro de la isla está por aclarar», pensó ella.

Capítulo 6

XAVIER se sentía decepcionado. No porque la isla guardara alguna sorpresa para él, sino porque no esperaba que estuviera tan deteriorada. El estado de la isla provocó que se sintiera culpable. Debería haber regresado mucho antes y haber intentado hacer lo posible para que su tía estuviera cómoda allí. Sin embargo, siempre estaba muy ocupado y su tía siempre había insistido en que eso estaba bien. En esos momentos comprendía por qué. Ella no quería que viera que había perdido el control del lugar.

—La casa siempre ha estado en mal estado –admitió él, cuando llegaron a la playa–. Y no es que un desconchón de pintura me preocupara demasiado cuando era niño... Dudo de que fuera capaz de darme cuenta.

Rosie se quitó las sandalias y metió los pies en el agua.

—Me imagino que agradecías tener una casa a la que regresar después del colegio –comentó ella, salpicando en el agua.

—Doña Ana siempre hizo que me sintiera bien recibido –repuso él.

—¿Y tus padres?

Rosie estaba de espaldas a él cuando hizo la pregunta. Era posible que hubiera oído rumores, como todos los demás. Lo que no le hubiera contado doña Ana se lo habrían contado los isleños.

—Será mejor no hablar de ellos –dijo él.

Ella se volvió para mirarlo y admitió:

–Yo tengo el mismo problema.

Él esbozó una sonrisa y pensó en que la infancia de Rosie debió de ser mucho peor que la suya.

–¿Y qué cosas hacías en la isla? –preguntó ella.

–Hice una balsa con palos como estos. Por desgracia se desintegró antes de llegar al mar.

–Bueno, al menos no te ahogaste –ella se rio.

–Casi.

–Deberías haber hecho una cabaña en la orilla. Es mucho más seguro.

–Yo nunca tuve en cuenta la seguridad.

–Supongo que por eso te echó doña Ana.

–Y no la culpo –él se rio. Había sido un rebelde, pero cuando se marchó de la isla trató de que su tía se sintiera orgullosa de él. Xavier pensaba que eso consistía en esforzarse mucho para ser el mejor, pero no consiguió satisfacer a doña Ana.

Ella quería un heredero...

–¿Qué diablos...? –Rosie le había echado agua y escapaba corriendo.

Él la persiguió y la sujetó entre sus brazos, preguntándose por qué su tía había hecho que regresara a la isla y que conociera a una chica como Rosie. ¿Se había propuesto seguir atormentándolo desde la tumba?

Cuando Rosie gritó, él la metió en el mar. Entonces, ella gritó todavía más fuerte. Empujó el agua con los brazos y le salpicó. Él respondió al ataque. Era tan diferente de las mujeres sofisticadas que conocía que Xavier comenzó a reírse.

–¿Y si te meto bajo el agua durante media hora? –la amenazó.

–Será si me pillas primero –contestó ella.

Entonces, se marchó como un delfín, nadando sin esfuerzo con los pantalones cortos y la camiseta. Desde luego sabía nadar. Quizá había crecido en la ciudad, pero había aprovechado el tiempo en la isla. Salió del agua con la ropa empapada y él pensó que nunca había visto algo tan bello.

Aquello se le estaba yendo de las manos.

–Deberíamos irnos –le dijo sin más, y le dio la espalda.

Él notó que ella se sentía decepcionada y, en ese mismo instante, supo que la deseaba. Y eso era un gran inconveniente. El deseo lo invadía por dentro y sentía ganas de ignorar la agenda que tenía para ese día.

Podía retrasar las citas. No tenía prisa por marcharse de la isla. Podía pedir que su equipo fuera a reunirse a la isla con él. Sería mejor que conocieran la isla en persona. Montaría una oficina en la hacienda. Tenía sentido.

¡Menos mal que quería mantener una relación puramente laboral! ¿Jugar en el mar? ¿Salir del agua con la ropa empapada pegada al cuerpo? ¿Se había vuelto loca?

Xavier había permanecido mirándola a la cara, pero su sexy sonrisa indicaba que creía que tenía ventaja. Rosie suponía que no habría metido en el agua a muchas de las mujeres sofisticadas con las que salía, aunque ella no saliera con él... Quizá la isla los había contagiado con alegría de vivir, algo a lo que él parecía no estar acostumbrado.

Cuando regresaron a la casa ella tuvo que admitir que él tenía razón acerca de las mejoras. La puerta delantera se estaba desconchando y los marcos de madera de las ventanas estaban podridos. Suponía que además debía darle las gracias por conseguir que abriera los ojos antes de que la casa se le cayera encima.

–Pasa primero –dijo él, sujetándole la puerta para que pasara.

–¿Quieres un café? –preguntó ella–. ¿O tienes prisa por marcharte?

–Todavía has de leerte los documentos... Y sí, me encantaría un café.

¿Era demasiado esperar que pudieran mantener esa relación relajada, y que pudieran encontrar puntos en común que permitieran que trabajaran juntos por el bien de la isla? Cuando sus cuerpos se rozaron al entrar en la cocina, Rosie notó que su cuerpo reaccionaba de manera intensa. No pudo evitar recordar cómo se había sentido cuando él la sujetó para evitar que se cayera. Le había encantado. Y mucho.

Preparó café y recogió los documentos.

–Necesito leerlos a solas –le explicó–. Te llamaré cuando haya terminado. ¿Por qué no te llevas el café a la biblioteca? –le sugirió–. Estarás más cómodo allí.

¿La estaba escuchando? Xavier estaba mirando el techo de la cocina, observando las grietas y las humedades que tenía.

–No tardes mucho –dijo él, sin mirarla.

–Tardaré el tiempo que necesite –contestó ella. Quizá él tenía un poder mágico sobre su cuerpo, pero, cuando se trataba de la promesa que le había hecho a doña Ana, nada, ni siquiera don Xavier del Río, podría hacer que se desviara de su camino.

–No. Lo siento, pero no puedo aceptar esto –anunció Rosie desde la puerta de la biblioteca, donde se encontraba Xavier.

Él se volvió para mirarla. Llevaba más de una hora esperándola y, a juzgar por la expresión de Rosie, no iban a tener una charla agradable.

–No puedo firmarlo, lo siento –dejó los documentos en la mesa que él tenía delante.

–Entonces, ¿qué firmarás? –él se puso en pie. Podía comprender que rechazara tanto dinero. Seguramente ni siquiera sabía qué hacer con él. A menos que... –. Si mi oferta no te parece suficiente...

–Tu oferta es un insulto para cualquier persona que quisiera a tu tía –contestó ella–. Si le hubieras ofrecido a doña Ana una parte de esa cantidad, habría podido arreglar todo y ahora no tendrías quejas sobre el estado de la isla.

–¿Estás pidiendo más dinero?

–Espero que estés bromeando. Lo que ofreces es ridículo. Podrías comprar todo un país con ese dinero. Es evidente que tienes demasiado dinero...

–Entonces, ¿qué es lo que quieres?

–Quiero poder opinar sobre el futuro de esta isla, y tú me estás pidiendo que venda mi derecho a hacerlo.

–Exacto. Y mi oferta es justa.

–No –Rosie negó con la cabeza–. No lo haré. Y no estoy pensando en mí, sino...

–¿En doña Ana y los isleños? –la interrumpió él–. Sí. Conozco la pasión que sientes hacia ellos, pero, si realmente quieres ayudarlos, deberías dejarme la isla.

–¿Crees que existe la más mínima posibilidad de que eso ocurra?

Él se encogió de hombros. Estaba dispuesto a subir la oferta si era necesario. Mencionó una cantidad con la que la mayor parte de la gente habría tenido que sentarse al oírla. Rosie ni siquiera pestañeó. Momentos después, agarró los documentos y los hizo pedazos delante de Xavier.

–¡Esto es lo que pienso de tu oferta!

Furiosa estaba preciosa, pero él permaneció centrado en el tema.

–Todo tiene su precio –le dijo.

–¿No lo has comprendido? –exclamó ella con frustración–. Ni siquiera tú tienes el dinero suficiente para tentarme a vender mi parte de la isla. No puedes calcularlo todo en términos de dinero. Cuando estábamos en la playa y me contaste lo mucho que doña Ana había hecho por ti, y yo te dije que te comprendía porque ella había hecho lo mismo por mí, pensé que empezábamos a entendernos. No obstante, estamos más lejos que nunca. Para ti, todo es cuestión de dinero. No te importa la isla. Lo único que te importa es ganar.

–Para ti es fácil decir eso. No tienes gente que depende de ti para tener empleo.

–Hay mucho trabajo en la isla.

–¿Cultivando verduras?

–¿Por qué no? Qué es más importante, ¿un campo de golf o más comida ecológica?

–Otra de tus fantasías –sugirió él.

–Si al menos te comprometieras a ayudar a los isleños con tus contactos en lugar de centrarte en tu plan... Estoy segura de que esta isla podría tener éxito de cualquier manera.

–Igual que crees que puedes vivir aquí sin ningún apoyo.

–Si tengo que hacerlo, lo haré.

–Pero no tienes que hacerlo –dijo él.

Su tono la asombró. Ella misma se había asombrado. Estaba enfrentándose a Xavier, cuando ambos solían mantener el control. De algún modo, juntos eran explosivos. Y ya no podía parar.

–¡No puedes comprar la isla! ¡Y tampoco puedes comprarme a mí!

–De hecho, sí puedo –contestó furioso.

–¿De veras crees que puedes ponerme precio?

–Soy un hombre de negocios. Me dedico a eso.

–Eres un hombre de negocios gracias a la tía que rechazaste, a la tía que te dio todo para ayudarte a convertirte en el hombre que eres. ¿Crees que ahora se sentiría orgullosa de ti?

–Creo que sí –dijo él, aunque no podía dejar de pensar en el motivo que había llevado a su tía a pedirle que tuviera un heredero. ¿Por qué diablos había puesto eso en el testamento?

–No estoy de acuerdo –dijo ella–. Doña Ana esperaba más de ti. Supongo que por eso me incluyó en la herencia.

Xavier podía haberle contado que había enviado dinero a su tía todos los meses durante años, pero que ella había distribuido el dinero entre los isleños en lugar de emplearlo para ella. Sin embargo, no lo hizo. Estaba cansado de intentar razonar con Rosie Clifton.

Rosie se disponía a marcharse cuando él la agarró del brazo. Sujetándola del rostro, la obligó a mirarlo, y le dio el beso que deseaba haberle dado la noche anterior. Rosie se quejó enfadada, pero él continuó besándola hasta que se relajó. Nunca había sentido tanto deseo al besar a una mujer, y en pocos minutos, ella trataba de mantenerlo cerca, dejándose llevar por el deseo.

Xavier la deseaba. Y quería poseerla allí mismo, sobre la mesa de la biblioteca. Sin pensarlo. Dejándose llevar por el deseo y la pasión que crecían en su interior. Le acarició el trasero y la estrechó contra su miembro erecto. Ella echó la cabeza hacia atrás, gimiendo mientras empujaba las caderas contra las de él.

Por suerte para ambos, Xavier oyó una alarma en su cabeza. Uno de los dos debía recuperar el control y, si ella no lo hacía, lo haría él.

Se separó de ella y vio que estaba sonrojada y que sus ojos se habían oscurecido. Rosie se pasó el dorso de la mano sobre los labios hinchados, como si no pudiera creerse lo que había hecho, y dijo:

—Mi respuesta sigue siendo no.

Él se rio. No pudo evitarlo.

—¿Te parece divertido? —preguntó furiosa.

—Para nada —admitió él. Estaba impresionado.

—Me marcho —dijo ella.

—¿Por nuestro bien?

—Esto no es una broma, Xavier.

Él la alcanzó en la puerta y se apoyó en el vano para no dejarla salir.

—Volveré a enviarte los documentos. ¿Puedo sugerirte que los firmes esta vez?

—No me has escuchado —repuso ella—. No pienso firmar esos documentos.

Durante un instante, él deseó besarla de nuevo, pero había llegado el momento de que la señorita Clifton oyera la verdad.

—Tu trabajo aquí ha terminado —dijo él—. Necesitas dinero para vivir, y has de conseguirlo de algún modo.

—No gracias a ti —replicó ella—. ¿O crees que soy incapaz de ganarme la vida? —se estiró la ropa y se marchó en cuanto él retiró el brazo.

Xavier se apoyó en la pared y cerró los ojos. Rosie Clifton era la mujer más exasperante que había conocido nunca, pero al menos ya comprendía por qué su tía la había querido tanto. Un legado así solo podía deberse al amor, a menos que el objetivo de su tía fuera únicamente atormentarlo.

Decidió que no era cierto. Su tía nunca había sido vengativa. Y Rosie Clifton se había criado en condiciones de extrema dificultad... Ese era el motivo por el que no tenía problemas a la hora de enfrentarse a él. Podía ser ingenua en algunos aspectos, pero era una mujer fuerte y valiente. Suponía que su tía se había sentido identificada con ella.

–Xavier...

Él se volvió al oír la voz de Rosie. Estaba en la puerta. Se había cepillado el cabello y lavado la cara. Parecía más tranquila.

–He venido a pedirte perdón. No me he comportado de manera formal.

–Ninguno de los dos ha sido muy formal.

–Estábamos un poco nerviosos –admitió ella.

«Por decirlo de manera suave», pensó él. Todavía la deseaba. Y quería ver cómo se prendía de nuevo, pero entre sus brazos.

–He estado pensando en el aspecto que podría tener este lugar si pudiera convencerte para reformarlo, en lugar de derribarlo y construirlo de nuevo. ¿Quizá podríamos trabajar juntos? Después de leer esos documentos me sentía enfadada, pero no puedo permitir que mi orgullo se interponga en las mejoras de este lugar.

–¿Y?

–Y tengo una propuesta para ti.

Ella había tenido el valor de volver para pedirle perdón. Xavier no ganaba nada tratando de asustarla... Si es que Rosie Clifton se asustaba por algo.

–Te escucho –repuso él.

–No es un plan a largo plazo –le explicó–. Tendríamos que ver cómo avanza año tras año.

–Entonces, ¿no es a largo plazo?

–Quiero decir que no es permanente –dijo ella–. Con tu dinero, mis conocimientos acerca de la isla y la gente que vive aquí, podrías realizar las mejoras mientras yo me ocupo del proyecto. Te presentaría las cuentas y...

Su intención era buena, pero la isla necesitaba algo más que unas reformas. Arquitectos, ingenieros... tendrían que contratar a todo tipo de especialistas.

—Todos mis proyectos están destinados a ganar dinero.

—Entonces, puedes permitirte que haya uno que no lo esté.

—Me parece un proyecto interesado. Me estás pidiendo que invierta dinero en la casa y en la isla para que puedas vivir aquí cómodamente.

—No es eso —añadió ella, sonrojándose.

—Esta isla ha de financiarse sola —dijo él.

—Eso intento... A lo mejor con tu ayuda y tu influencia los inversores me escucharían...

—Teniendo en cuenta que no tengo ninguna experiencia ni interés en la agricultura, ¿por qué crees que iban a hacerlo?

—Así que seguirás interponiéndote en mi camino... Siempre que no estés entretenido buscando a alguien que te dé un heredero, claro está.

Él se quedó sorprendido por su comentario.

Xavier pensaba que estaba ganando, pero ella no estaba dispuesta a admitir la derrota. Rosie encontraría una solución a todo aquello.

—Debes considerar mi propuesta, Rosie. Más dinero. Tendrías la vida asegurada. Por el bien de la isla, has de aceptarla.

Entonces tendría dinero para ayudar en la isla, pero no tendría derecho a hacerlo.

—Mi respuesta ha de ser no.

Tenía que haber una salida para aquella situación. Seguro que doña Ana había anticipado esa situación, pero ¿qué esperaba que hiciera Rosie? Era como si hubiera un mensaje oculto en el testamento, y ella no lo estuviera descifrando.

Capítulo 7

SU EQUIPO llegó esa misma tarde. El comedor serviría como oficina y puesto que nadie se quedaba a pasar la noche no había problema de alojamiento.

Rosie estaba guisando en la cocina. Xavier la miró y vio que tenía harina hasta los codos, y la nariz y las mejillas manchadas.

—Muchas gracias —le dijo, sorprendido del esfuerzo que estaba dispuesta a hacer por él.

—¿Por qué? —preguntó ella con el ceño fruncido.

—¿Por qué, qué? —preguntó él desde la puerta.

—¿Por qué me das las gracias?

—Te has anticipado a mi petición —contestó Xavier encogiéndose de hombros.

—¿Tu petición?

Él se echó a un lado al ver que ella se acercaba para meter la bandeja en el horno. Tenía el aspecto perfecto para el papel que tendría que desempeñar a lo largo del día: discreto, casual y eficiente. Xavier la encontraba muy sexy con aquellos vaqueros ceñidos que resaltaban su silueta. Se fijó en la camiseta blanca que llevaba y en cómo se le subía cuando se agachaba, dejando al descubierto su piel suave y el inicio de la curva de su trasero.

—Preciosa —murmuró él.

—¿Las magdalenas? —preguntó ella—. He preparado una de mis recetas favoritas.

Cuando lo miró con las manos en las caderas, Xavier no pudo evitar que su cuerpo reaccionara.

–Discúlpame, por favor... –dijo ella antes de pasar a su lado para que no se tocaran.

Él se puso en su camino.

–Es un detalle por tu parte que te hayas tomado tantas molestias por mi equipo.

–¿Tu equipo?

–Las personas de mi equipo te lo agradecerán de verdad.

Ella lo miró confusa.

–¿Puedo irme? –murmuró con el ceño fruncido.

–Por supuesto –dijo él, y se retiró a un lado–. Habría bastado con que prepararas café.

–Algo dulce siempre sienta bien, ¿no crees?

–Si insistes –dijo él, encogiéndose de hombros.

Antes de marcharse para reunirse con sus colegas, Xavier se detuvo para recordarle que llevara leche cuando sirviera la merienda y café descafeinado para Margaret.

–Si pones un plato de galletas para los que no toman magdalenas, estaría bien –añadió–. Ah, y quizá unos sándwiches de queso para matar el hambre entre comidas. Por cierto, ¿qué vas a servir después?

Se hizo un largo silencio y después Rosie contestó.

–Debe de haber un error. Las magdalenas no son para ti. Puedo buscar un paquete de galletas...

–¿Perdona?

–Y tampoco serviré ninguna comida. Más tarde estaré ocupada.

–¿Ocupada? Eres el ama de llaves.

–Antes era el ama de llaves –dijo ella–. Como bien dijiste, mi trabajo aquí ha terminado. El testamento que dejó tu tía permite que me quede aquí, eso y mis pequeños ahorros. Tal y como le prometí a tu tía, no voy a irme a ningún sitio. Hoy tengo una de mis reuniones periódicas con los isleños, para contarles cómo vamos con las peticiones de ayudas y demás. Las magdalenas son para ellos. Lo siento si pensabas otra cosa. Si me lo hubieses dicho, habría hecho doble ración, pero no me incluiste en tus planes. Por eso necesitamos trabajar juntos –añadió ella–. ¿Quizá pueda cortarlas por la mitad?

–Me imagino que podrás preparar el café...

–Dejaré todo lo que puedas necesitar en una bandeja, pero tengo cosas que hacer mientras se hornean las magdalenas. Ah, y necesitaré el comedor a partir de las cuatro –al ver su expresión, añadió–: Ahora que has vuelto, tendremos que colaborar en ciertas cosas. Estoy segura de que no quieres disgustar a los isleños, haciendo que piensen que todo va a cambiar de la noche a la mañana. También echan de menos a tu tía. Por ellos tenemos que hacer las cosas con calma. Las magdalenas ayudarán –sonrió.

Quizá fuera joven y nunca hubiera sido propietaria, pero estaba aprendiendo deprisa. También le estaba enviando un mensaje. Aquella no era la mujer joven que le había descrito el abogado, ni la chica insegura que él había conocido en la playa. Era una mujer que empezaba a ser consciente del poder que le habían dado, y que no tenía miedo de utilizarlo. Xavier tendría que replantearse los planes que tenía en relación a Rosie Clifton.

Rosie no tenía queja alguna respecto a don Xavier. Al menos, ese día. Él y su equipo se habían comportado de maravilla y habían salido del comedor a las tres y media. Al parecer, iban a continuar con las conversaciones mientras daban un paseo por la isla. Una persona de su equipo incluso se ofreció para quedarse a ayudar a Rosie en la cocina.

—No tardaré mucho –le dijo a la mujer, que se llamaba Margaret–. Sé que tiene que marcharse.

Margaret nunca aceptaba un «no» por respuesta y agarró un paño limpio para secar los platos.

—Don Xavier es un hombre impaciente. Supongo que se ha dado cuenta.

—Así es –confirmó Rosie, y sonrió.

Había algo en la mirada de Margaret que indicaba que apreciaba mucho a Xavier, y que cualquier crítica que hiciera de él estaba hecha con el cariño de una buena amiga.

—Habrá algunos cambios en este lugar –le dijo a Rosie–. ¿Está preparada?

—Si yo los acepto, sí.

—Supongo que no querrá ver este lugar derrumbándose...

—Por supuesto que no, pero tampoco quiero verlo arrasado por las máquinas.

Recogieron la cocina en silencio. Después Margaret dijo:

—Sé que ahora todo se ve muy negro, pero recuerde que todavía está de luto. Los dos están de luto. Puede que las cosas cambien un poco dentro de un tiempo.

—¿De veras? –Rosie arqueó una ceja–. ¿Cree que Xavier puede cambiar de opinión?

—Dele una oportunidad. Y lo más importante, dese a sí misma una oportunidad, Rosie.

Rosie pasó el resto de la tarde reunida con los isleños, así que no tuvo tiempo de pensar sobre lo que Margaret había dicho. Las reuniones solían ser eventos distendidos. Todo el mundo había llevado algo para comer y la mesa del comedor parecía la de un banquete. El equipo de don Xavier se había marchado, así que Rosie pensó que era el momento perfecto para pedirle a Xavier que los acompañara. Los isleños lo recordaban bien y ella pensaba que se alegrarían de verlo.

Rosie se sorprendió de lo mucho que se alegraron. Xavier no era el hombre arrogante que había llegado para reclamar su territorio, sino un hombre que se mostraba cálido y amable entre sus amigos. El hombre con el que ella había jugado en la playa.

La reunión transcurrió de manera distendida hasta que uno de los hombres del pueblo preguntó sobre los cambios que podían producirse en la isla.

—No tienes de qué preocuparte —le dijo Xavier antes de que Rosie tuviera la oportunidad de hablar—. Mi proyecto traerá más trabajos. Nada cambiará para vosotros. Todo mejorará.

—No estás siendo muy concreto —trató de señalar Rosie, pero todo el mundo estaba demasiado ocupado sonriendo a Xavier y dándole palmaditas en la espalda, diciéndole que sabían que regresaría y que nunca los decepcionaría.

Él se volvió para mirarla un instante.

—Y tendréis la tranquilidad de saber que la señorita Clifton está entre vosotros. Ya sabéis que defiende vuestros intereses de corazón.

Así que todo estaba decidido sin que ella dijera ni una sola palabra. Al menos él había aceptado que se quedara, así que no se enfrentaría a él en esos momentos.

—Todavía no nos has contado tus planes —le recordó—. ¿No crees que este es un buen momento para hacerlo?

—Cuando el proyecto del arquitecto esté terminado, seréis los primeros en verlo —los tranquilizó con una sonrisa.

Eso salió bien, pero Rosie no estaba nada tranquila.

–Para entonces lo que decidas construir en la isla ya será un hecho consumado –señaló ella.

Rosie odiaba sentirse obligada a hacer ciertas cosas, así que, cuando la conversación se centró en dragar la bahía para construir una marina, y en limpiar grandes extensiones de tierra para construir un hotel de lujo y un campo de golf, se notaba cada vez más tensa. Xavier era muy carismático y se había ganado a todo el mundo. La gente estaba tan contenta de verlo que habrían aceptado cualquier propuesta que hubiera hecho.

Ella esperó a que todo el mundo se hubiera marchado antes de mostrarle sus preocupaciones.

–¿Un hotel de seis estrellas? ¿Un campo de golf y una marina? ¿Crees que eso es lo que quería doña Ana?

–Doña Ana ya no está aquí para proteger su isla –dijo él–. Tenemos que hacerlo nosotros.

Ella negó con la cabeza y se rio.

–Tú destrozarás la isla.

–Y tú verás cómo se derrumba en el mar –contestó él–. Hay que reformar muchas cosas.

–Estoy de acuerdo –dijo ella con frustración–, pero ¿por qué no puede hacerse despacio y de manera natural?

–Puede que tú tengas tiempo para eso... Los isleños no. Les estoy ofreciendo trabajo para hoy, no inseguridad para mañana. Solo ves lo que quieres ver, Rosie –insistió Xavier–. Y comprendo por qué. Tuviste una vida difícil antes de conocer a doña Ana. El contraste entre el orfanato y este lugar debió de ser muy grande, así que ahora solo ves las cosas buenas y obvias el resto. Eso no es bueno para los isleños. Necesitan avanzar.

–Haría cualquier cosa por ellos... cualquier cosa.

.–Lo sé. Por eso, acepta mi dinero. Construye una buena vida para ti –dijo él–. En otro sitio.

Durante un instante, ella se quedó sin palabras. La isla era su casa, la única casa que quería tener. Era todo con lo que siempre había soñado. Con eso y con tener una familia. Los isleños y doña Ana le habían dado esa familia, recibiéndola en su isla con los brazos abiertos. Era el momento de hacer todo lo que estuviera en sus manos para ayudarlos. Cada vez se le daba mejor escribir a las empresas que encontraba en Internet y tenía una gran lista de asociaciones benéficas a las que pedirles dinero. Avanzaba poco a poco, pero no podía dejar de hacerlo. Solo porque no hubiera recibido ninguna respuesta positiva no significaba que estuviera dispuesta a abandonar.

—¿Quién tiene más posibilidades de ayudar a los isleños? ¿Tú o yo?

Sus palabras le resultaron dolorosas, porque estaban demasiado cerca de la realidad. No obstante, no podía echarse atrás. Recordaba el orfanato y cómo solía ridiculizarla la supervisora. Rosie quería seguir estudiando e ir a la universidad, pero le habían dicho que se olvidara, que no había fondos para ese tipo de cosas y que ella tampoco era lo bastante inteligente para eso.

¿Y si la supervisora tenía razón?

Daba igual. ¿Sería cierto que los planes de Xavier eran mejores para la isla?

No. Negó con la cabeza y recordó la promesa que había hecho.

—Si me ayudaras un poco... quizá si me presentaras a algunos de tus contactos podría presentarles el proyecto de los isleños y tratar de arrancar el negocio. Seguro que podría haber cabida para su proyecto y para el tuyo si pudiéramos coordinarlos de la manera adecuada.

—¿Te estás echando atrás?

—No —dijo ella con firmeza.

—En ese caso, entiendo que me estás pidiendo ayuda para financiar tu sueño.

–Lo único que te pido es que hagas de enlace en este pequeño asunto.

–Animar a mis contactos a que inviertan en tu proyecto no es un asunto pequeño. ¿Exactamente cuánta experiencia puedo decir que tienes a la hora de llevar un negocio? Y no te confundas, Rosie, hacer lo que sugieres, convertir a los pequeños agricultores en agricultores comerciales, será un gran trabajo. Para empezar, tendrás que reemplazar la infraestructura de la isla.

–Tú tendrás que hacer lo mismo –protestó ella–. ¿Por qué no podemos trabajar juntos?

Lo más sensato era darle dinero y mandarla a recoger sus cosas, pero hasta el momento no habían encontrado una cifra adecuada. Y aunque Rosie Clifton suponía el mayor riesgo para su claridad mental que había conocido nunca, odiaba la idea de echarla de allí.

–Si hablas en serio tendrás que empezar a pensar en términos de negocios. Tendrás que conocer a la gente adecuada...

–Exacto –lo interrumpió ella–, pero ¿cómo voy a hacerlo si no me ayudas?

–¿Con mi dinero y tu corazón? –él se rio.

–¿Por qué no? –ella ni siquiera pestañeó.

–Está bien –admitió él, aceptando el reto–. Voy a celebrar un cóctel en mi apartamento de la península. Los invitados serán el tipo de personas que necesitas conocer.

–¿Es una invitación? –preguntó ella.

No era justo que él la invitara. Sus invitados eran profesionales de los negocios que se la comerían viva.

–¿Me estás invitando? –insistió Rosie.

–No estoy seguro –admitió con sinceridad.

–¿Por qué no? –exclamó ella.

–Porque se dice que en todas las fiestas debe haber una novedad, algo que genere rumores, y no estoy seguro de si estoy preparado para ver cómo te comen viva.

–¿No estás seguro? –preguntó ella, con una media sonrisa–. Acepto la invitación.

Xavier cerró los ojos un instante y pensó en cómo iba a afectarle la presencia de Rosie en su fiesta.

–Está bien. Ya está decidido. Vendrás conmigo a la península y yo haré lo posible para asegurarme de que no te sientes fuera de lugar.

Ella inclinó la cabeza hacia un lado y lo miró.

–No confías mucho en mí, ¿verdad?

Lo cierto era que él no sabía qué esperar de Rosie Clifton. Se fijó en que ella fruncía el ceño antes de añadir:

–No sé qué me voy a poner para tu fiesta.

–Te compraré un vestido.

–No puedo aceptar tu dinero...

–¡Cielos, Rosie! ¿Cuándo vas a dejar de ser tan orgullosa? ¿De qué estamos hablando? ¿De un vestido y un par de zapatos? Puedes devolverme el dinero cuando salgas adelante.

–¿Cuando haya aceptado tu oferta, quieres decir? –preguntó ella.

Tenía que aceptarlo. Sola no conseguía llegar a ningún sitio. Y a menos que consiguiera fondos para el proyecto de los isleños, Xavier y su equipo llevarían a cabo su plan.

–Piensas demasiado –dijo él–. Lo querías... ya lo tienes. Ahora, olvídalo.

Xavier tenía razón. Era más importante que se preocupara por construir puentes entre ellos que por su entrada en el círculo de la alta sociedad, pero...

–Un cóctel –dijo ella con un nudo en la garganta–. Nunca he estado en un cóctel antes.

–Tampoco habías sido la propietaria de media isla

antes –comentó Xavier–, pero parece que te manejas bien.

–¿Que te manejo a ti, quieres decir?

Él estuvo a punto de sonreír. Ella también. Era el principio de un nuevo comienzo. Ella tenía que dar el siguiente paso o él la abandonaría por el camino. Rosie tenía que encontrar el valor para terminar lo que había iniciado.

Capítulo 8

AL VER el hotel recubierto de mármol donde iba a quedarse mientras estuviera en la península, Rosie pensó que era más impresionante que el vuelo que había hecho desde la isla. Nunca había viajado en un jet privado. En el orfanato se desplazaban en autobús y para llegar a la isla había tomado un ferry después de volar en un avión comercial.

Puesto que Xavier se había marchado antes, durante el viaje a la península, Rosie no había tenido a nadie con quien hablar. Al llegar había una limusina esperándola para llevarla al hotel. Una vez allí, el chófer le informó de que subirían su maleta directamente a la habitación.

Rosie notó que se le formaba un nudo en la garganta al subir por las escaleras del hotel. Cuando se abrieron las puertas llegó a un vestíbulo lleno de gente elegante que desprendía olor a dinero. Grandes centros de flores decoraban el lugar, y la mezcla de aromas provocó que se sintiera ligeramente mareada mientras se adentraba entre la multitud.

Después de hacer una larga cola en el mostrador de recepción se enteró de que debía dirigirse a otro mostrador, donde se ocupaban de las personas privilegiadas que tenían la habitación en las plantas superiores. Momentos después se encaminó al ascensor y descubrió que había un hombre encargado de manejarlo.

—Esta es su planta —le informó.

–Gracias –se miró un instante en el espejo antes de salir. Se sentía tan fuera de lugar que le resultaba hasta divertido. Y no lo era, porque quería dar la impresión adecuada y, a juzgar por cómo aquel hombre se había dirigido a ella, no había tenido un buen comienzo.

Seguramente el hombre se estaba preguntando cómo era posible que el equipo de seguridad la hubiera permitido subir con ese vestido de segunda mano y unas deportivas. Ella se habría preguntado lo mismo si no hubiera sabido que el nombre de don Xavier del Río abría todas las puertas.

Caminó despacio por el pasillo observándolo todo. Se sentía como si estuviera envuelta en dinero, mimada y protegida del mundo exterior, algo que evidentemente era el objetivo del hotel. Incluso el aire olía a caro. Todo estaba en silencio. La moqueta era tan gruesa que absorbía el sonido de los pasos y las paredes estaban recubiertas de seda en lugar de de papel pintado. Rosie solo había visto lugares decorados de esa manera en las revistas.

¿Qué estaba haciendo allí?

Había llegado el momento de dejar de pensar en cosas así. Tenía que pensar de manera positiva. Había ido para asistir a una fiesta, con todo lo que eso conllevara.

La puerta de su habitación estaba al final del pasillo. Después de varios intentos consiguió que la tarjeta funcionara para abrir la puerta. Desde la entrada, observó a su alrededor. La habitación era tan grande que ella no se lo podía creer. Entró, cerró la puerta y vio el vestido. Estaba colocado sobre el sofá con un chal de color crema junto a él. El chal le encantó, pero al ver el vestido de cerca se le aceleró el corazón. Parecía una prenda de las que se ponían las estrellas de cine. Estaba diseñado para pegarse al cuerpo como una segunda piel, tenía un escote pronunciado y una abertura en el lateral que no dejaba lugar para la imaginación. No había manera de ponerse ropa interior debajo.

Rosie lo agarró y se acercó al espejo para mirar cómo le quedaba por encima. El vestido era caro y muy bonito, pero ella nunca lo habría elegido para sí. Prefería pasar desapercibida y con aquel vestido era imposible hacerlo. Después se fijó en los zapatos que había en el suelo, sobre una caja. ¿Eran zapatos o instrumentos de tortura? Nunca había llevado zapatos de tacón. «Sentirse orgullosa tiene un precio», habría dicho doña Ana. Y ella estaba siendo muy desagradecida. Rosie hizo una mueca y se dirigió al baño para darse una ducha y cambiarse.

—¿Quiere darme la mano? —le preguntó el chófer de Xavier cuando llegaron al impresionante edificio de oficinas de la ciudad.

—¿Le importa? —Rosie se había quedado atascada entre el coche y la acera. El vestido era tan apretado y los tacones tan altos que no conseguía encontrar la manera de echarse hacia delante, a menos que se levantara el vestido por encima de la rodilla.

—Ponga la mano sobre mi brazo y confíe en mí. La sacaré de aquí...

Ambos se miraron y empezaron a reírse.

—La acompañaré dentro —le ofreció cuando consiguió levantarla y estabilizarla en la acera.

—Gracias por su ofrecimiento, pero estaré bien —estaba aterrorizada, pero tenía que hacerlo sola. Tenía que aprender cómo funcionaban las cosas en el círculo del mundo de los negocios.

Atravesó las puertas giratorias y sonrió para mostrar seguridad.

La fiesta era en la planta cuarenta y cuatro. Al salir del ascensor se sentía como un flamenco caminando sobre zancos, se detuvo un instante y siguió el ruido por el pasillo. Las puertas estaban abiertas para recibir a los invitados y la sala estaba llena de gente elegante. Rosie respiró hondo, pidió perdón y se abrió paso entre los invitados hasta donde estaba Xavier. Lo vio nada más entrar. Era como un imán que atraía a la gente hacia sí. También era el hombre más alto y atractivo de la sala. A Rosie se le aceleró el corazón y tuvo que borrar de su cabeza la fantasía de que él se diera la vuelta y extendiera los brazos para abrazarla como si fuera la única mujer del mundo.

Xavier estaba ocupado hablando y no la vio llegar. Ella permaneció detrás de él, escuchando. Estaba hablando sobre la isla y decía que estaba dispuesto a empezar su proyecto allí, pero que todavía tenía un par de problemas que se interponían en su camino. Las miradas que cruzaron sus invitados hicieron que Rosie se preguntara si pensaban que ella era el problema. Un par de hombres se volvieron para mirarla. Ella no estaba segura de si la habían reconocido por los periódicos, pero se sintió incómoda al ver que empezaban a murmurar con sus compañeros.

–Ah –dijo Xavier, y se giró hacia ella–. Permitidme que os presente a la señorita Clifton.

Fue como si todo el mundo suspirara a la vez y se volviera para mirarla. Ella se sintió como una curiosidad en un museo. Entonces, un hombre que parecía importante agarró a Xavier del brazo y lo apartó a un lado. El resto, le dio la espalda a Rosie y la ignoró.

Rosie permaneció unos instantes sin saber qué hacer. Le dolían los pies, y estaba rodeada de un muro de espaldas. Se quitó los zapatos y se los colgó de la muñeca como si fueran una pulsera. Era posible que si se hubiera quitado la ropa nadie se hubiera enterado, pero al menos ya no le dolían los pies.

Comenzó a recorrer la sala, tratando de entablar conversación con alguien. La gente la ignoraba o se apartaba. Decidida a no permitir que la excluyeran, agarró un plato de canapés y comenzó a ofrecérselos a los invitados. El plato estaba casi vacío cuando llegó donde estaba Xavier, y nadie le había dado las gracias. Se había incorporado a las filas de las personas invisibles y, en ese momento, se prometió que nunca ignoraría a nadie.

Esperó con educación hasta que Xavier hubiera terminado la conversación y le mostró el plato.

—¿Un canapé, señor?

—¿Qué diablos estás haciendo? —dijo él, frunciendo el ceño con sorpresa—. ¿Y qué diablos llevas puesto?

—Lo elegiste tú.

—Yo, desde luego que no —le retiró el plato de la mano y se lo dio a un camarero—. Una de las secretarias lo eligió para ti.

Xavier la agarró del brazo y la guio hasta un sitio más tranquilo.

—Salgamos de aquí —le dijo.

La llevó hasta su despacho y cuando cerró la puerta ella se puso tensa, sospechando que lo había decepcionado.

—¿Por qué no te has presentado? —preguntó él.

Ella soltó una carcajada.

—No tienes más que entrar en una habitación para ser el centro de atención. No conozco a nadie aquí. Además, no estaban interesados en conocerme.

Xavier frunció el ceño.

—Deberías habérmelo dicho si estabas teniendo problemas.

—No estaba teniendo problemas. No quería inte-

rrumpir tu conversación, eso es todo. Y son tus invitados, no los míos. No espero que me dediques todos los
minutos del día.

–¿Solo algunos? –sugirió él con una sonrisa.

Ella no quiso pensar en lo que podía provocarle
aquella sonrisa. Y era demasiado tarde para ignorarla.
Ya había provocado que se acordara de su fantasía favorita, que incluía un final feliz con el hombre de sus
sueños.

–Unos minutos probablemente bastarían –contestó
ella.

Xavier suspiró y comentó:

–Supongo que te debo una disculpa. Debería haber
sido un buen anfitrión.

–Aunque te va mejor si me marcho con las manos
vacías –dijo ella.

–Estás decidida a pensar lo peor de mí.

–Dame motivos para que no sea así.

–Puede que lo haga –dijo él, con un brillo sexy en la
mirada.

Momentos después él se rio al ver que llevaba los
zapatos colgados de la muñeca.

–¿No te quedaban bien?

–Me hacían daño –confesó ella.

–Y odias el vestido...

–Sé que no parezco muy agradecida, pero he de admitir que no es mi prenda favorita.

Él la miró con los ojos entornados.

–¿Cuánto odias el vestido?

–Bueno... es evidente que está diseñado para alguien
más sofisticada que yo.

–Eres muy considerada. Creo que lo han diseñado
para alguien que quiere hacerse notar.

Él tenía razón en que ella no quería destacar.

–A mí tampoco me gusta mucho –dijo Xavier.

Rosie se encogió de hombros. No había mucho que pudiera hacer.

No obstante, Xavier tenía respuesta para casi todo. Agarró el vestido por el escote y lo rasgó.

–¿Qué te parece ahora? –preguntó.

Capítulo 9

EL ROCE de sus manos contra los senos era una interesante distracción, pero Rosie no tardó mucho en encontrar su voz.

–Hay una fiesta fuera de esta habitación –protestó mientras trataba de juntar la tela rota del vestido–. ¡Estás loco! Hay gente hablando y riéndose al otro lado de la puerta. ¡Tus invitados! –le recordó–. ¡Pueden entrar aquí en cualquier momento y vernos juntos! ¡Así! –añadió elevando la voz–. ¡Ni siquiera te has molestado en cerrar la puerta!

Xavier se encogió de hombros.

–Eso no sería ni la mitad de divertido.

–Para ti –discutió ella–. ¿Quién va a atreverse a criticar a Xavier del Río? Puedes hacer lo que quieras, cuando quieras –«y con quien quieras», pensó ella–. El vestido está destrozado, y no tengo ninguno de repuesto en mi bolsa, por si te lo estás preguntando.

–No.

A él no le importaba. Ella tenía que pensar cómo regresar a la fiesta con un vestido que le colgaba por los hombros. Había llegado el momento de tomar el control.

Tenía que pensar en algo... No podía permitir que él la manejara toda la noche como a una marioneta. Su herencia estaba a salvo. Ella podía luchar por los isleños durante el resto de su vida, y no había nada que él pudiera hacer al respecto. Xavier tenía que tener un heredero. Si ella no ganaba ventaja pronto, merecería perder la isla. Lo primero que tenía que hacer era salir de allí. ¿Quizá había un uniforme de camarera que pudiera utilizar?

—Bueno, señorita Recursos... ¿qué vas a hacer ahora?

—Más de lo que supones —contestó ella.

—¿Ah?

—Crees que lo tienes todo controlado, ¿no? –dijo ella–. Tú puedes salir de aquí con una sonrisa mientras yo tengo que regresar avergonzada a una fiesta donde ya no soy bienvenida. Me imagino que piensas que esta presentación al círculo de la alta sociedad me echará atrás, y que estaré encantada de aceptar tu oferta y de retirarme mientras tú metes las excavadoras en la isla.

—Tienes mucha imaginación, señorita Clifton.

—¿Ah, sí? Creo que piensas que este es el momento para empezar a hacer las cosas como tú crees que deben hacerse –dijo ella.

Xavier frunció el ceño.

—¿Qué quieres decir con eso?

—Incluso a lo mejor me das un trabajo como ama de llaves en la isla, si tengo suerte –dijo Rosie, satisfecha por haber hecho todo lo posible con el vestido–. La familia Del Río reinará de nuevo, y todo tu mundo volverá a ser como debería ser, según tú.

—No sabes nada de mi familia –contestó él.

—Apenas puedo creer que la tengas.

—Tengo tanta familia como tú.

—Ambos tuvimos a doña Ana.

Xavier se quedó en silencio un instante y después se encogió de hombros.

—Si estás disgustada por el vestido, te compraré otro.

—El vestido es la menor de mis preocupaciones. No podemos seguir así... Intentas alejarme y no voy a irme a ningún sitio. Es la última vez que te lo digo, así que ¿qué vas a hacer al respecto?

¿Y ella qué iba a hacer al respecto? Si no le gustaban las intenciones que tenía Xavier respecto al futuro de la isla, era ella la que tenía que pensar algo distinto.

–Quítate el vestido –murmuró él–. Está destrozado.

–No me estás escuchando, ¿verdad? –preguntó ella con frustración.

Él sonrió y ella no pudo evitar excitarse al ver el peligro que mostraba aquella mirada de ojos negros. No estaba acostumbrada a coquetear, y aunque sabía que aquel no era el momento, la tensión que había entre ellos estaba a punto de estallar. Entonces, él cometió un gran error. Colocó la mano sobre su mejilla e inclinó la cabeza para besarla, ¡como si fuera su derecho! Don Xavier del Río debía aprender que ella también podía ser peligrosa...

Los botones cayeron al suelo cuando ella le abrió la camisa de golpe.

Se sentía rebosante de pasión. ¿Por qué no iba a disfrutar del calor de aquel cuerpo bajo sus dedos? ¿Por qué no podía agarrar lo que quedaba de la camisa y arrancársela? Estaba en llamas. No iba a parar hasta que la camisa y la chaqueta de Xavier acabaran en el suelo. La lucha continuó. Xavier no le dio la oportunidad de disfrutar del triunfo. Agarró lo que quedaba del vestido y se lo arrancó del todo.

–¿Qué vas a hacer respecto a esto? –la retó mientras el vestido caía al suelo.

Su respuesta fue lanzarse a por él. Golpeándole el torso con los puños, ella ventiló su furia con sonidos de rabia que pronto se convirtieron en sonidos de deseo. Cuando finalmente quedó agotada, miró hacia arriba y vio que Xavier seguía sonriendo.

–La verdad, Rosie Clifton, nunca me habría imaginado que tuvieras tanta pasión.

Rosie respiraba de manera agitada y le resultaba

difícil discutir. Momentos después, se encontró entre sus brazos. Xavier comenzó a acariciarle los senos y a juguetear con los pezones hasta que el placer la consumió y provocó que no pudiera pensar. Él inclinó la cabeza y la besó. Sus besos eran adictivos y maravillosos. Sabían a menta y a pasión, y, cuando ella apretó el cuerpo contra el de él, se maravilló al sentir su cuerpo de acero contra sus curvas.

–¿Me odias a mí tanto como al vestido? –preguntó él–. Creo que deberías. Tenías una vida tranquila en la isla hasta que yo llegué.

–Vivía una vida en la que me sentía segura –declaró ella, y él se rio–. No te rías de mí –dijo ella entre beso y beso.

–¿Es eso lo que estoy haciendo? –susurró él, mirándola a los ojos–. Creía que estaba haciéndote el amor.

Le sujetó el rostro entre las manos y, aunque Rosie sabía que debería resistirse, no vio más que deseo y buen humor en su mirada. El buen humor le resultaba atractivo, y el deseo la aterrorizaba y la excitaba al mismo tiempo. Él la estaba tentando para que lo besara. No odiaba a Xavier. Lo deseaba. Acababa de descubrir que era capaz de sentir algo tan intenso como aquello. Él la besuqueó detrás de la oreja y ella se estremeció. Su cuerpo se derretía contra el de él pero sus senos estaban turgentes. Solo podía pensar en que se los acariciara otra vez. Él no la decepcionó. Inclinó la cabeza y le mordisqueó los pezones con suavidad. Ella se sentía incapaz de resistirse y permitió que él la guiara hasta el escritorio.

–Es la primera vez que veo que te quedas sin palabras –comentó él.

–No he perdido las palabras, sino mi vestido. ¿Ni siquiera vas a disculparte?

Xavier se encogió de hombros.

–Lo siento –dijo, y metió la mano entre las piernas de Rosie–. ¿Podrías separar las piernas?

–No me refería a eso y lo sabes.

–No, pero es lo que quería –dijo él–. Relájate. Olvídate de la fiesta y deja todo en mis manos...

Ella se sobresaltó. Aquel encuentro no significaba nada para Xavier, pero, si ella permitía que la arrollara, estaría perdida. En el orfanato había visto cómo el sexo esporádico era destructivo. Alguien siempre acababa sufriendo.

–¿Rosie? ¿Rosie, qué ocurre?

Xavier se mostró preocupado y dio un paso atrás en el momento que notó que ella se resistía, pero Rosie estaba atrapada en el pasado. Se pasó la mano por el rostro para intentar borrar la memoria. Debía avanzar y no convertirse en víctima de las circunstancias, por lo que no debía dejar de hacer algo que deseaba para no arrepentirse el resto de su vida.

La fiesta seguía al otro lado de la puerta. El despacho de Xavier estaba en silencio. De pronto, alguien se chocó contra la puerta y el ruido provocó que Rosie volviera a la realidad.

–¿Qué voy a hacer con el vestido?

–Hay soluciones para todos los problemas –le aseguró Xavier.

–¿Incluso para este? –preguntó ella con escepticismo.

–Por supuesto –descolgó el teléfono y marcó el primer número de la agenda–. ¿Margaret? Estoy en mi despacho. Necesito tu ayuda.

Margaret era un genio. Le pasó a Xavier una camisa por la puerta y no hizo comentario alguno cuando él salió para reunirse con sus invitados.

–Te he traído algunos vestidos –le dijo a Rosie.

—Pasa —Rosie la invitó a entrar después de esconder el vestido roto bajo el escritorio.

Cuando Margaret cerró la puerta le mostró a Rosie los vestidos.

—No sabes cómo te lo agradezco —exclamó Rosie aliviada.

—Siento haber tardado tanto. Los problemas son mi especialidad, pero los milagros llevan más tiempo —Margaret miró a Rosie—. Xavier me dijo que te habías derramado algo en el vestido, así que me he tomado la libertad de traerte ropa interior también —dejó las cajas que llevaba bajo el brazo—. Espero haber acertado con la talla. Solo te he visto en la reunión que tuvimos en la isla y hoy al entrar en la habitación.

—Te estoy muy agradecida, me conformaría con un saco atado con una cuerda, pero esto es impresionante. Gracias. Me ahorras tener que salir a escondidas.

—No te imagino escondiéndote en ninguna parte.

—No sé qué habría hecho sin ti.

—Tonterías —insistió Margaret—. Habrías salido por esa puerta con la cabeza bien alta y sin importarte lo que pensaran los demás.

Rosie sonrió.

—Probablemente tengas razón.

—Supongo que el modelito rojo ha causado estragos, ¿no? —dijo Margaret.

—¿Lo has visto?

—Debería haber ido a rescatarte antes. Vi que la gente estaba siendo muy maleducada contigo, pero yo estaba hablando con el embajador y no podía ignorarlo.

—No me pidas disculpas, por favor. Ya has hecho bastante por mí.

—Por supuesto que debo disculparme —insistió Margaret—. Uno de los dos debe hacerlo. Los invitados de

Xavier se han portado muy mal esta noche y él no debería haberlo permitido. Tengo que decírselo...

–No lo hagas, por favor.

–Bueno, al menos permite que te compense por lo
que ha sucedido. Cuando estés preparada, estaré encantada de presentarte a todo el mundo.

–Eres muy amable.

–Soy muy práctica. Igual que tú, Rosie Clifton.
¿Diez minutos? No te preocupes, volveré –dijo ella,
dirigiéndose a la puerta–. Llámame cuando estés preparada –miró el teléfono que había sobre el escritorio.

–Ahora comprendo por qué Xavier te tiene entre los
números de marcación rápida –dijo Rosie, sonriendo a
su nueva amiga.

–Puedo ser de utilidad –convino Margaret con cierta
ironía.

Capítulo 10

DESPUÉS de que la velada tuviera un comienzo interesante, la fiesta de Xavier fue un rotundo éxito. Rosie lo había impresionado. Desde que Margaret la había presentado a sus invitados, Rosie había ido desenvolviéndose con confianza entre ellos. Estaba preciosa con el vestido azul que Margaret le había llevado. Una vez más, Margaret se había superado a sí misma. Sin embargo, la expresión de su rostro indicaba que algo no iba bien. Cuando se acercó a él y lo agarró del codo para apartarlo a un lado, él no se quejó. Mientras pudiera seguir viendo a Rosie, lo que Margaret le dijera estaría bien.

—Esa chica es una joya.

—¿Te cae bien Rosie Clifton?

—Sí. Y tú la has tratado muy mal esta noche.

—¿Eso es lo que ella te ha dicho?

—En absoluto –admitió Margaret–. Cree que eres maravilloso, y eso demuestra lo equivocada que puede llegar a estar una persona.

—No te he llamado para que me des una lección –regañó a Margaret, aunque estaba encantado de oír lo que Rosie opinaba de él.

—Invitaste a esa pobre chica y después la dejaste abandonada con gente que no conocía. Eso no está bien, Xavier. No es digno de ti, y sabes que yo te lo voy a decir cuando crea que has hecho algo mal.

—Por eso te contraté –dijo él.

–Entonces, discúlpate con ella. Le he dicho que esta noche la acompañarás al hotel. No estaba contenta con ello, pero estoy segura de que encontrarás la manera de contrarrestar lo sucedido.

Él también estaba seguro.

–Emplea tu capacidad de persuasión si lo que quieres es que colabore respecto a la isla. No trates de presionarla o se enfrentará a ti. Y se merece algo mejor que eso –añadió mirándolo a los ojos.

Después de echarle la regañina, Margaret se marchó.

–¿Quién te va a llevar a casa? –preguntó Xavier mientras Rosie esperaba para recoger su chal del improvisado guardarropa.

–Tú, al parecer –dijo ella, y sonrió al hombre que le entregó su chal.

–Eres muy directa, Rosie Clifton.

–¿Soy muy directa? Tienes que compensarme por muchas cosas. Si Margaret no hubiera intervenido, ahora mismo estaría llamando a un taxi para volver al hotel.

–Será un placer para mí llevarte a casa.

–Gracias –dijo ella–. Margaret me dijo que me asegurara de no marcharme sin ti.

–Su manera de hablar hace que me sienta como un paraguas.

–Ligeramente más decorativo –contestó Rosie, y se volvió para darle las gracias al hombre del guardarropa–. Gracias –le dijo también a Xavier cuando la ayudó a ponerse el chal.

Su única recompensa fue la manera en que ella tembló cuando él le rozó la piel de la nuca mientras le retiraba el cabello a un lado.

Él la observó dirigirse a la salida. Un par de invitados se acercaron a ella para decirle adiós y entregarle su tarjeta de negocios. Uno de ellos era el embajador. Rosie había causado sensación.

Xavier llegó a su lado a tiempo de oír que el hombre le decía:

—Ha sido un placer conocerla, señorita Clifton.

Xavier la alejó del embajador después de pronunciar unas palabras educadas, igual que de los otros hombres que esperaban para despedirse de la atractiva Rosie Clifton.

—Me parece que es muy simpático —dijo ella—. ¿Estás celoso, Xavier?

Él soltó una risita.

—He de admitir que con ese vestido tienes un aspecto muy joven e inocente.

—Porque lo soy —le recordó ella, sin sonreír—. Sin embargo, eso no me hace una ingenua, excepto en lo que se refiere a los negocios, y estoy contenta de admitir que lo tengo todo por aprender... con tu ayuda —añadió, mirándolo con sus impresionantes ojos.

—¿Así que ahora me incluyes en tus planes? —preguntó él arqueando las cejas.

—No lo sé. ¿Te sientes incluido?

Él prefirió no contestar y llamó al ascensor. Rosie no tenía miedo de decir lo que pensaba, así que podía incluirla en el pequeño grupo donde había incluido a Margaret y a su difunta tía, doña Ana.

Xavier condujo hasta su casa. Una de las muchas que tenía en la ciudad.

—Esto no es el hotel —comentó ella.

—Buena observación —dijo él, mientras atravesaba la verja. La mansión tenía vistas a un parque y era preciosa. Xavier se sentía muy orgulloso de ella y esperaba que a Rosie le gustara también.

—¿Y por qué me has traído aquí? —preguntó ella.

–¿Para tomar una copa?

–¿Una copa? Ya sabes que yo apenas bebo.

–Yo tampoco, pero pensé que sería una oportunidad para conocernos mejor.

–¿Margaret te ha sugerido que lo hicieras?

Xavier detuvo el deportivo junto a los escalones.

–A veces tengo ideas propias. Veámoslo como una misión de paz. Una copa –dijo él.

–Y después me marcho.

Él la ayudó a salir del coche y la guio hasta la biblioteca, donde había encendida una chimenea. Ella miró a su alrededor con interés. Aquella era la habitación preferida de Xavier y, por algún motivo, le importaba mucho que a ella también le gustara. Las paredes estaban llenas de libros y su olor, junto con el de la piel de los sofás, tenía un efecto calmante sobre él. Era lo que necesitaba, algo que calmara su libido. El enfrentamiento que habían tenido en la fiesta le había enseñado mucho sobre Rosie Clifton, y había confirmado que bajo su apariencia fría había un fuego intenso que no ayudaba demasiado a su deseo sexual.

Quizá estuviera a punto de naufragar, pero Rosie tenía capacidad para enfrentarse a él. ¿Por qué la había llevado Xavier a su maravillosa casa? ¿Pensaba que podía seducirla? De ninguna manera.

–Te gustan los libros –comentó Xavier al ver que ella acariciaba el lomo de los que había en una estantería.

–Me encantan –nunca había visto tantos ejemplares forrados en piel–. ¿Cómo puedes soportar salir de esta casa?

Él se encogió de hombros.

–Tengo libros en todas mis casas.

–Afortunado tú –murmuró ella–. La lectura fue lo primero que me acercó a tu tía.

Al verlo pensativo, se le ocurrió que había tocado una fibra sensible. Quizá era mejor que no mencionara a doña Ana mientras la situación entre ellos siguiera siendo tensa.

–¿Por qué me has traído aquí? –preguntó ella.

–Estoy tratando de arreglar las cosas.

Ella no lo creyó ni por un instante, sobre todo porque estaba abriendo una botella de champán.

–Bebes champán, ¿verdad? –dijo él.

–No lo sé. Nunca lo he probado, pero me encantaría probar un poco.

Xavier puso cara de sorpresa. Rosie supuso que él daba por hecho muchas cosas que ella ni siquiera había probado.

–Además, nunca ha habido un momento mejor para tomar champán –se le aceleró el corazón al pensar en la sorpresa que le iba a dar.

–¿Ah? –la miró mientras servía las copas.

–Sí –la idea de contarle la solución a sus problemas era inquietante. Debía ser valiente y atrevida, o si no lo mejor era que hiciera las maletas y se marchara de la isla.

Xavier le entregó la copa y ella la miró con curiosidad.

–¿Prefieres otra cosa?

–No. Esto es perfecto. Gracias.

Mientras repasaba su plan, Rosie decidió que aquello debía de ser lo que doña Ana pretendía conseguir. Ella estaría a cargo de su destino y tendría tanto derecho como él a opinar sobre el futuro de la isla. Xavier había intentado comprarla y, al ver que no había tenido éxito, estaba tratando de cautivarla, pero era ella quien tenía ventaja. Era él quien necesitaba un heredero.

—¿Te importa que sugiera un brindis? —preguntó ella.

Él frunció el ceño y, de haber sabido lo que ella se proponía, habría salido corriendo. Ella respiraba de manera acelerada. Una vez expusiera su plan, si él aceptaba, la suerte estaría echada.

—Claro que no. Adelante —dijo él, sin sospechar lo que ella tenía en mente—. Después de todo, ya tienes un poco de práctica... con el helado —le recordó él—. ¿Y bien? ¿Por qué quieres brindar?

Ella respiró hondo y lo soltó.

—Creo que deberíamos casarnos.

Xavier la miró asombrado.

—¿Disculpa? —dijo él—. ¿Me lo estoy imaginando o acabas de proponerme matrimonio?

—Eso es exactamente lo que he hecho.

Él la miraba incrédulo.

—Solucionaría todos nuestros problemas —declaró ella—. Sobre todo los tuyos, así que me parece lo más sensato...

—¿Sensato? —Xavier se pasó la mano por el cabello.

—Sí. ¿Por qué no nos sentamos? Hay muchas cosas que tenemos que hablar.

—¿No me digas?

Xavier la miraba como si se hubiera vuelto loca.

—Por favor —dijo ella—. ¿Me acompañas?

Xavier se sentó frente a ella y dijo:

—Adelante.

—Necesitas un heredero o tendrás que cederme la mitad de tu isla. A menos que tengas a alguien en mente...

—No.

—Entonces...

—¿Más vale lo malo conocido?

—No vas a poder comprarme, te lo aseguro, y si nos casamos podrás mantener tu parte.

—¿Y tú qué ganas?

–Todo –dijo ella. «Y nada», pensó–. Un futuro seguro para la isla. No podemos dejar a los isleños preguntándose si tendrán un futuro conmigo o contigo. Necesitan seguridad, tal y como tú comentaste. ¿Y cómo vas a arriesgar tu inversión sin la misma garantía?

Aquella no era la propuesta de matrimonio romántica que ella se había imaginado cuando era niña, sino una transacción parecida a las que Xavier estaba acostumbrado a hacer.

–El matrimonio nos pondrá en igualdad de condiciones y abrirá las puertas que se cerraron ante mi cara. Yo seré capaz de ayudar a los isleños. Ya has visto cómo la gente reacciona ante mí. En la fiesta nadie hablaba conmigo a menos que estuvieras a mi lado, o Margaret me presentara. Esto me dará credibilidad y voz acerca de lo que ocurra con la isla. A ti te dará el heredero que necesitas para mantener la isla –se le formó un nudo en el estómago al decir aquellas palabras. La idea de mantener relaciones sexuales con Xavier era aterradora, pero puesto que no tenía alternativa...

–Veo que puede serte útil –dijo él con frialdad.

–Y a ti –insistió ella, ignorando su gélida mirada–. ¿Reflexionarás sobre mi propuesta?

Rosie no tenía ni idea acerca de lo que Xavier estaba pensando mientras miraba el fuego.

–No me puedo creer que hables en serio –dijo él.

–Tendrás toda mi colaboración –comentó ella.

–Desde luego, espero que colabores en la cama.

A Rosie se le encogió el corazón.

–Tengo una apretada agenda que cumplir.

–Espero que podamos trabajar juntos en todos los sentidos –dijo ella, tratando de mantener la calma.

–Me aseguraré de ello –afirmó él, sin una pizca de ternura.

Había llegado el momento de cerrar el trato. Ella no sabía nada acerca de esas cosas y se sorprendió de lo calmada que podía estar a pesar de que había mucho en juego.

–Esto es bueno para los dos –insistió ella–. Si no te casas conmigo, el riesgo de que tú pierdas la herencia es real. Yo sé que la isla significa mucho para ti, a pesar de lo que digas. Isla del Rey es tan especial para ti como para mí. Quizá tengas todo el poder y la influencia del mundo, pero sin mi cooperación tus planes para esto están atascados.

–¿Qué sabes del matrimonio? Me temo que muy poco. El matrimonio no trae nada más que infelicidad. La gente llega al matrimonio con expectativas, o sueños en tu caso, y, cuando descubren que nunca conseguirán alcanzarlos, lo que llega es la infelicidad para todos.

–En tu caso, quizá.

–¿Puedes decirme dónde estoy equivocado? –preguntó Xavier–. No. No lo creo. No tienes ni idea. Y en cuanto al heredero que ha pedido mi tía, se lo daré. Habría pensado que ella, entre todas las personas, entendería que tener un hijo en un matrimonio que no está basado en el amor supone negar al hijo la felicidad, y eso influirá en el resto de sus vidas.

–Solo si ellos lo permiten –repuso ella, percibiendo que Xavier hablaba de sí mismo.

–Y qué vas a saber tú de eso, si no tienes ninguna experiencia en relaciones...

–Excepto con tu tía –dijo ella–. E independientemente de lo que pienses de mí, o de doña Ana, no romperé mi promesa de mantener la isla a salvo. Y sí, tienes razón cuando dices que no tengo experiencia en el matrimonio ni en la felicidad eterna. No tuve ninguna experiencia afectiva hasta que llegué a la isla y conocí a doña Ana, pero algo que deberías saber con seguridad es que si tengo un hijo lo querré con todo mi corazón, y nunca lo abandonaré como te abandonaron a ti. Necesitas un heredero, pero estás seguro de que fracasarás como padre igual que tus padres fracasaron contigo, pero ¿por qué ha de suceder lo mismo?

—Estás tan segura de todo... —dijo él.

—Lo estoy. Tengo que estarlo. He de ser positiva, si no continuaría en la institución. Solo piensa en cómo te quieren en la isla, y en el amor que espera a ese pequeño. Todo el mundo espera que algún día regreses a Isla del Rey y esa esperanza no contiene documentos que firmar. Los isleños no tienen nada que ganar aparte de tu derecho a regresar con la gente que te quiere. Y te diré algo más...

—Estoy seguro de ello —dijo él.

—No negarás mis sueños porque no te lo permitiré.

—Los corazones y las flores que te imaginas no son algo asegurado —replicó él—. Creo que tu visión de las cosas es muy ingenua.

—Puede ser —aceptó Rosie—, pero prefiero eso que permanecer amargada por un pasado que no puedo cambiar. Si trabajamos juntos podríamos conseguir muchas cosas en la isla. Eso es lo que creo que doña Ana quería cuando redactó el testamento. Mi corazón, tu conocimiento acerca de los negocios —añadió ella, sonriendo—. ¿Y quién sabe? Estoy segura de que nos molestaremos mutuamente, pero quizá empecemos a disfrutarlo.

La expresión de Xavier no era prometedora, pero todo estaba en juego: el corazón de Rosie, sus temores, su futuro.

—Esto es muy importante para mí, Xavier.

—Estoy seguro —dijo él, mirándola con frialdad—. Meter la mano en mi cuenta bancaria resultaría interesante para mucha gente.

Ella negó con la cabeza y se rio con tristeza.

–No has escuchado ni una palabra de lo que he dicho. Esto no se trata de dinero –Xavier no pensaba que necesitara ayuda de nadie. No necesitaba una isla. Él era la isla, solo y aislado.

–Un día estás en el orfanato y al siguiente estás heredando la mitad de la isla. Y ahora parece que crees que puedes casarte con la otra mitad. Tu idea del matrimonio es muy atractiva, para ti y para todas las mujeres del mundo que no tienen dinero.

–Entonces, recházala –lo retó–. Estoy segura de que encontrarás a alguien que te dé un heredero, con todo el dinero del que dispones.

–¿Qué imaginabas cuando te ofrecieron el puesto de ama de llaves de una anciana? ¿Pensabas que tendrías la oportunidad de camelarte a mi tía para que te dejara algo en su testamento?

–Creo que solo eres capaz de ver las cosas malas de la gente, y me parece muy triste. El que sale perdiendo eres tú –añadió Rosie–. No me extraña que sigas solo. Estoy haciendo esto por el bien de la isla, y es mi único motivo. ¿Crees que alguien querría casarse con un hombre incapaz de sentir sin ningún otro motivo? Y en cuanto a camelarme a tu tía... Me quedé asombrada por su generosidad. Y sigo estándolo. Estoy decidida a hacer todo lo que ella esperaba de mí. Nunca olvidaré lo mucho que le debo y no me refiero a la herencia, sino a la casa que me dio y al amor que compartimos. No creo que mi plan sea ingenuo. No es como si estuviéramos hablando de una pareja de verdad. Sería más como una relación de negocios.

–Creo que sé mucho más que tú acerca de las relaciones de negocios.

–Entonces verás que tiene sentido. Trabajar conmigo para apoyar a la isla.

–¿Convirtiéndola en un huerto? –sugirió él.

Ella ignoró el comentario.

–Una vez que todo esté establecido podremos divorciarnos.

–Has pensado en todo. Estoy impresionado.

–Se dice que el éxito depende de la capacidad de poner en marcha los planes...

–Los planes sensatos –la interrumpió Xavier–. Planes que se hayan estudiado bien y que funcionen. Me doy cuenta de lo que ganarías con esto...

–Y tú –dijo ella.

–Eres una buena pieza, ¿no? –la miró de forma acusadora.

En absoluto. Rosie se desanimó al oír la descripción que Xavier había hecho de ella, pero no lo demostró. Vivir en una institución había sido una experiencia extraña y limitadora. No podría haber sobrevivido sin valentía.

Y había necesitado mucha.

–Y bien, ¿cuál es tu respuesta? –insistió ella.

Capítulo 11

DOÑA Ana le había preparado una encerrona, asegurándose de que regresara a la isla, conociera a Rosie, y cumpliera con el deseo de su tía de dejar un heredero. Doña Ana había sido la única mujer capaz de ponerle freno a Xavier. Lo había hecho una vez cuando él era joven y lo estaba haciendo de nuevo desde la tumba. Que Rosie Clifton hubiera elegido hacerle esa propuesta, sorprendiéndolo con sus acusaciones, solo reforzaba la opinión de su tía acerca de la chica. Tenía que admitir que su tía había hecho una buena elección. Y suponía que le debía a Rosie cierto respeto por no haber abandonado su trabajo nunca. Nada la detendría a la hora de cumplir los deseos de su tía.

—Casarme contigo me dará el poder de ayudar a la isla.

—¿Esperas que financie tus ideas?

—Solo si aceptas —lo miró esperanzada.

—Si te casas conmigo tendrás la oportunidad de continuar tu ascenso en el mundo.

—Por favor, no hables así cuando hay una criatura implicada —le suplicó.

—Tú deberías recordar que habrá una criatura implicada —le espetó él. Había visto el efecto de un matrimonio con hijos en su propia familia—. Te darás cuenta de que esto tendría que ser un matrimonio en todos los sentidos –añadió, sospechando que temía las consecuencias más que Rosie. Para ella todo era pura fantasía, pero él tenía que enfrentarse a la verdad.

–Por supuesto –le aseguró ella, pero se puso pálida.

Él adivinó que estaría pensando en su noche de bodas y en todas las noches de después.

–Y si esperas que consulte contigo mis planes para la isla...

–Espero que nos consultemos el uno al otro –dijo ella.

Mientras hablaba, Rosie supo que era una pérdida de tiempo. Era probable que Xavier no hubiera consultado nada con nadie en su vida. Así que quizá en eso, ella tenía más experiencia que él. Su vida había consistido en una larga serie de negociaciones, la única manera de sobrevivir al sistema en el que había crecido.

–Quizá te resulte estimulante oír nuevas ideas –le sugirió ella.

–Para eso tengo un equipo –replicó él–, pero, si nos quedamos sin ideas, te llamaré.

–Entonces, ¿tu respuesta es no?

–No necesariamente.

Rosie le había puesto en bandeja todo lo que necesitaba. Y le daba pena que ella acabara sufriendo, pero no podía evitarlo. Su tía debería haber sabido que aquello tendría un mal final. Él nunca había ocultado que las cadenas del matrimonio no eran para él.

–Tu propuesta es muy inusual.

–Es atrevida.

–Es un matrimonio de conveniencia.

–Sí –convino ella–. Eso es lo que tiene de bueno. Se benefician las dos partes...

¿Estaba siendo tan formal porque pensaba que era la única manera de conectar con él, o es que tenía esa capacidad bajo su aspecto vulnerable? Mirándola a la cara, Xavier decidió que era valiente y decidida. Era una superviviente, como él.

—¿Y no están un poco pasados de moda?

—En este caso, encajan perfectamente con nuestras necesidades.

—Entonces, estoy de acuerdo —declaró él.

—¿De veras? —preguntó sorprendida.

—Presta atención, Rosie Clifton. Acabo de aceptar casarme contigo. Como bien dices, mi tía nos ha enfrentado con un problema y la mejor manera de solventarlo es con un trato. Estoy de acuerdo en que deberíamos casarnos, y lo más pronto posible.

—Muy bien —dijo ella, al cabo de unos instantes, y le tendió la mano para sellar el trato—. Hagámoslo.

—¿Sabes que con esas palabras tu mundo ha cambiado para siempre? —preguntó él, mientras le apretaba la mano.

—Lo sé —susurró ella—. Y confiaba en que mi mundo cambiara —añadió—. Tendré que adaptarme al tuyo.

—Bien —dijo él—. Haré que mi gente haga un anuncio formal. Tendremos que celebrarlo. Organizaré una fiesta.

—¿Una fiesta? —Rosie estaba abrumada. Todo iba demasiado rápido.

—Lo normal es hacer un anuncio formal —le aseguró Xavier—. Debemos dar la oportunidad para que todo el mundo felicite a la pareja feliz.

«¿Qué pareja feliz?», pensó Rosie, y se estremeció.

—¿Ocurre algo? —le preguntó Xavier.

Sabía muy bien lo que iba mal. Ella necesitaba que le aseguraran que estaba haciendo lo correcto, y no había nadie que pudiera hacerlo.

—Me sorprende que te preocupe lo que el mundo piense sobre nuestro matrimonio.

—A mí no me importa, pero pensé que a lo mejor a ti sí —dijo él.

–Gracias.

–No te preocupes –su mirada era oscura y triunfante y provocó que ella se sintiera insegura.

Tenía que hacerlo. Era la única manera de evitar que destrozaran la isla. Sí, era cierto que la gente haría comentarios crueles, pero aquello no se trataba de sus sentimientos, sino sobre la isla y la promesa que le había hecho a doña Ana para mantenerla a salvo.

–¿Cómo explicarás que hagamos una boda tan repentina? ¿No parecerá extraño que sea justo después de leer el testamento?

–No tengo que dar ninguna explicación –le aseguró Xavier.

Por supuesto que no. Don Xavier del Río no respetaba las normas sociales. Nunca lo había hecho. Las explicaciones no eran necesarias.

–Espero que la prensa hable de un amor a primera vista, y de que nuestro primer encuentro lo ideó mi tía, tu jefa, doña Ana. Eso nos servirá durante el tiempo que dure nuestro matrimonio.

–Hablas como si fuera una sentencia de cárcel.

–Será lo que tú hagas de él –dijo Xavier–. Ha sido idea tuya.

«Vamos de mal en peor», pensó ella.

–¿Dónde se celebrará la fiesta?

–Aquí, por supuesto.

«Por supuesto». Ella podía olvidarse de tener una fiesta relajada con sus amigos de la isla. El anuncio de su matrimonio se haría en una fiesta formal llena de desconocidos.

–¿Te supone un problema? –preguntó Xavier al ver que se mordía el labio inferior.

–No. Por supuesto que no.

–Dentro de dos semanas.

–¿Tan pronto? –a Rosie le dio un vuelco el corazón–. ¿Será tiempo suficiente para organizarlo todo?

Xavier la miró asombrado. Cualquier cosa era posible para Xavier del Río. Sería mejor que se fuera acostumbrando, aunque un segundo encuentro con la alta sociedad no era el mejor comienzo para el plan que tan valientemente había puesto en marcha. Se notaba que él estaba satisfecho porque había tomado los mandos.

La noche de la fiesta había llegado. Xavier se miró en el espejo y se preguntó si Rosie estaría preparada para aquello. La última reunión la habían tenido allí, y cuando ella se marchó lo miró como si esperara que él la tomara entre sus brazos y la besara para sellar el trato. Por su bien, él se había resistido a mostrar ningún tipo de gesto afectuoso. No quería aparentar que aquella boda fuera algo más que un acuerdo de conveniencia. Admiraba a Rosie por la fortaleza y elegancia con la que afrontaba los problemas, pero su carácter frío, forjado en las dificultades del pasado, siempre acababa triunfando.

No sentía nada por Rosie, entonces, ¿por qué seguía pensando en ella?

Solo estaba interesado en ver cómo se desarrollaba la velada. Rosie tenía agallas y sobreviviría. Ella había elegido jugar a las malas y tenía que demostrar que podía hacerlo.

Los invitados ya estaban llegando a la puerta. La catedral estaría llena para la boda. La gente solo hablaba de su escandaloso compromiso con el ama de llaves de su difunta tía. Incluso el embajador había cambiado su agenda para poder asistir a la ceremonia y a la fiesta, y la crema de la alta sociedad española se encontraría entre sus invitados y se reuniría junto a varios miembros de la familia real. No iba a ser un evento sencillo. Margaret estaba a cargo de la organización, así que

Xavier estaba seguro de que todo saldría bien. No permitiría que Rosie se equivocara en nada. Faltaba ver lo que sus invitados pensaban de ella, pero lo que intrigaba a Xavier era qué pensaría él al verla, después de haber pasado unos días separados. Su mente era un lienzo en blanco acerca de ello. ¿Sentiría algo más que un deseo fugaz cuando Rosie Clifton llegara a la fiesta?

«No podría haber hecho esto sin la ayuda de Margaret», pensó Rosie, deseando que se le calmara el latir de su corazón. Llevaba todo el día nerviosa pensando en la velada de aquella noche. Volver a encontrarse con Xavier le resultaba más abrumador que encontrarse con sus invitados en la fiesta. Enseguida sabría lo que él estaba pensando. Sería capaz de leerle el pensamiento en la mirada. Quizá se sintiera resignado, o impaciente, o... No. Esperar que él se alegrara de verla era demasiado pedir.

Los vestidos de fiesta no eran exactamente un tema que dominara.

–¿Me queda bien? –preguntó Rosie mientras se miraba en el espejo.

–Estás preciosa –le aseguró Margaret mientras se movía de un lado a otro arreglándole el vestido.

Rosie la había recibido con los brazos abiertos cuando Margaret llamó a la puerta de su habitación del hotel. Encontrar un vestido de fiesta y un vestido de boda en el plazo que tenía estaba más allá de su alcance. Había estado mirando una revista, preguntándose en qué tiendas la dejarían entrar con su vestido amarillo. Después del fracaso que experimentó con el vestido rojo no quería arriesgarse a otro desastre. El apoyo de Margaret era justo lo que necesitaba.

La aprobación de Margaret significaba mucho para

Rosie. Ella confiaba en que le daría una opinión sincera, y era lo que estaba esperando mientras Margaret la rodeaba.

–Me encanta este vestido –dijo Margaret mientras miraba a Rosie desde todos los ángulos–. Tiene mucho estilo, y nunca te había visto tan guapa.

–Sin tu ayuda no habría tenido ni idea de qué vestido elegir para la fiesta –admitió Rosie–, y desde luego no habría sabido dónde ir a comprarlo.

–Ahora ya sabes que con Xavier, los diseñadores vienen a ti.

–Y que trabajan toda la noche para que los vestidos estén preparados a tiempo –añadió Rosie, sorprendida por lo que la gente rica podía conseguir.

–¿Estás contenta, Rosie? –le preguntó Margaret con preocupación en la voz.

¿Estaba contenta? Rosie se miró en el espejo, deseando de todo corazón que pudiera confiarle a Margaret sus temores acerca del futuro.

–Por supuesto que estoy contenta –contestó ella, tratando de tranquilizar a Margaret.

–Entonces, vamos –le dijo.

Era demasiado tarde para cambiar de opinión. Respiró hondo y salió de la habitación con la cabeza bien alta.

Xavier había pensado que Margaret y Rosie llegarían antes. ¿Por qué se retrasaban? Solo se trataba de elegir un vestido y ponérselo.

No podía dejar de mirar hacia la puerta. Todos sus invitados habían llegado ya y estaban esperando, igual que él, a la invitada más importante de la noche. La velada no podía haber sido mejor. Las puertas del jardín se hallaban abiertas y el cielo estaba lleno de estrellas. La luna parecía un colgante de plata sobre terciopelo negro. La orquesta estaba tocando, y había velas por todas partes.

El champán y las conversaciones fluían libremente. La fiesta estaba siendo un éxito.

–Y teniendo en cuenta que habéis hecho ese anuncio tan especial... –le dijo una mujer mayor a Xavier–. Nadie puede esperar a verla.

Él estaba seguro de ello. No le gustaba estar en boca de todo el mundo y cuanto antes terminara, mejor. Las revistas del corazón estaban llenas de comentarios acerca de lo inadecuado de su enlace. Xavier esperaba que el descontento durara un tiempo, hasta que otro famoso invadiera las páginas de las revistas y la gente se olvidara de él. Solo esperaba que Margaret hubiera guiado a Rosie en la dirección adecuada. Después del desafortunado vestido rojo, otro error solo serviría para alimentar más rumores. Sabía que bajo su valentía, Rosie era vulnerable a los ataques de los demás, y él no quería echarse a un lado y ver cómo la rechazaban.

Al ver que la sala se quedaba en silencio, se puso tenso. Incluso los músicos dejaron sus instrumentos y se volvieron hacia la puerta.

Rosie había entrado en la sala de baile.

Desde lo alto de la escalera, su presencia lo afectó como si fuera un rayo. Llevaba un vestido de color azul claro muy delicado. El color era perfecto para su cabello pelirrojo. Estaba preciosa. El impacto era tan abrumador que parecía que la veía por primera vez. El vestido era ajustado y tenía cuentas engarzadas del mismo color que la tela. Xavier se fijó en su rostro resplandeciente y en su silueta femenina. Para sus ojos era la única mujer que había en la sala, y todo su cuerpo reaccionó al ver que ella miraba a su alrededor, buscándolo.

Al verlo, ella alzó la barbilla y esbozó una sonrisa.

La conexión entre ambos fue inmediata y evidente para todos los presentes. A Xavier no le importaba nadie más que ella y la observó embelesado mientras ella bajaba las escaleras hacia él. Rosie se había dejado el cabello suelto y estaba sorprendentemente elegante, al mismo tiempo que dolorosamente vulnerable. Él deseaba protegerla de todas las miradas, pero tenía la sensación de que Rosie quería recorrer sola el camino.

Su belleza cautivó a todos los hombres de la sala. Él notó que se le erizaba el vello de la nuca al ver que otros la miraban. No era solo su belleza. Estaba radiante. Mostraba una calma interior que ninguna otra mujer podría igualar. Quizá había sido un alma perdida cuando llegó a Isla del Rey desde el orfanato, pero Rosie Clifton se había encontrado a sí misma aquella noche, y estaba magnífica.

El director de orquesta levantó la batuta cuando ella llegó al centro de la pista de baile y comenzó a sonar un vals. Rosie se acercó a Xavier y la gente suspiró cuando llegó a su lado. Al instante se olvidaron todos los rumores. Ella había conseguido acallar a los presentes únicamente con su entereza y su aspecto inocente.

—Buenas noches, Xavier.

—Margaret ha hecho un buen trabajo —contestó él.

—Yo también he tenido algo que decir —lo regañó con una media sonrisa.

Xavier notó que se le tensaba la entrepierna mientras ella continuaba mirándolo a los ojos.

—Estoy seguro —convino él—, y he de decir que estás preciosa.

—¿De veras? —parecía asombrada por el comentario.

—Por supuesto. Es posible que seas la mujer más bella de la sala.

Sus sentidos estaban sobrecargados. Se moría de deseo, pero aparte le estaba pasando algo más. Tanto que alardeaba de no tener sentimientos, en esos momentos estaba sintiendo algo especial. Y era algo más poderoso que el deseo, un sentimiento que hacía que deseara sacarla de allí y llevarla a un lugar tranquilo y privado. Todo sobre ella, su aroma, su calor, su mirada y su cuerpo... Era como si lo hubiera hechizado. Mantenerse distante, tal y como pretendía, ya no era una posibilidad. Su cuerpo era como el de un joven sin control.

–Esperaba que dieras tu aprobación –dijo ella.

Él percibió la vulnerabilidad de su mirada. Era tan atrevida, y tan frágil. Físicamente era pequeña, delicada y deseable, y él tendría que estar hecho de piedra para no desearla.

–¿Tú me das tu aprobación? –murmuró él–. Me refiero a la fiesta de compromiso –le explicó mirando a su alrededor. De pronto, se percató de que su respuesta le importaba de verdad.

–Hace una noche preciosa. Espero no estropeártela.

–Tendré que tenerte cerca toda la noche para asegurarme de que no lo harás –dijo él.

Después de eso, era como si ambos estuvieran encerrados en una burbuja privada que excluía a los invitados y solo permitía que los miraran. Rosie se relajó y se rio cuando él la tomó entre sus brazos para el primer baile. A Xavier le hubiera gustado que ese momento de primer contacto hubiera durado para el resto de la noche. Su piel era muy cálida y suave, y, cuando ella le agarró la mano, el deseo de protegerla fue abrumador. Todas las posibles negociaciones entre ellos se desvanecieron al instante. Estaba seriamente interesado en aquella mujer. La deseaba como a ninguna. Y a juzgar por su respiración acelerada, ella también lo deseaba a él. No pasó mucho tiempo antes de que sus pensamientos traspasaran al lado oscuro mientras contemplaba a aquella mujer inocente anhelar que le guiara el camino con su experiencia. Era un sentimiento que permanecería con él durante el resto de la noche.

Sus invitados aplaudieron mientras él guio a Rosie durante el baile. Todos estaban deseando ver a la joven ama de llaves en brazos del Grande de España, y habían formado un círculo a su alrededor. Si supieran que había sido Rosie quien le había propuesto matrimonio, no lo creerían. Eso bastaba para hacerlo sonreír. Al sentir que Rosie se estremecía cuando él apoyó la mano sobre su espalda, se sintió satisfecho. Al final de la noche, los invitados dirían que eran una pareja de enamorados. Él se rio por dentro al pensar en ello, y casi deseó que fuera verdad.

Capítulo 12

MARGARET sonreía para mostrarle su apoyo mientras Rosie bailaba con Xavier. Si estar tan cerca de él no le hubiera recordado a cómo había perdido el control en la fiesta anterior, Rosie quizá se habría relajado y estaría disfrutando de estar entre sus brazos. Sin embargo, se sentía abrumada por lo que había hecho y muy preocupada por su falta de control. Estar cerca de él, bailar con él, era suficiente para nublarle el juicio. Estar casada con él no garantizaría que pudiera manejarlo. Xavier tenía mucha más experiencia que ella; no obstante, Rosie sentía que era el hombre adecuado para ella. Además, la expresión de sus ojos era más cálida que nunca, pero...

–Tranquila –dijo él, al notar su tensión.

Debía relajarse. Tenía que ocultar sus emociones y mantenerlas bajo la coraza que siempre la había mantenido a salvo. Xavier era extremadamente intuitivo. Y ella no debía olvidarlo.

Un baile llevó al otro, y entonces el embajador los interrumpió. Xavier le cedió el baile sin problema, pero, cuando un joven príncipe intentó hacer lo mismo, ya no se sintió tan cómodo. Al percibir su tensión, Rosie rechazó la invitación del príncipe de forma educada, alegando que estaba cansada, y permitió que Xavier la acompañara fuera de la pista de baile.

–Tienes una casa muy bonita –dijo ella, mientras se dirigían al exterior–. Tienes muy buen gusto.

–Mis decoradores tienen muy buen gusto –la corrigió él.

–Los arreglos florales son exquisitos.

–Me alegro de que te gusten –dijo él con una sonrisa.

–Las rosas son mis flores favoritas...

Rosie no estaba segura de si él la había oído porque estaba abriendo las puertas de la terraza que tenía vistas a los jardines.

–Puedo imaginar cómo será crecer en un sitio como este –se apoyó en la barandilla y contempló las vistas.

–Yo no crecí aquí.

Ella percibió dolor en su voz.

–Me marché a estudiar fuera.

–¿Y después vivías con tu tía?

–En las vacaciones sí.

–No veías mucho a tus padres.

–Compré esta casa con mi primera fortuna –dijo él.

–¿Tu primera fortuna?

–No negaré que he tenido éxito.

–¿Y por qué ibas a hacerlo? Deberías estar orgulloso de lo que has conseguido.

–Y tú también –opinó él–. En cierto modo no somos tan diferentes.

Ella se rio.

–Solo nos diferencian unos millones y, después, por supuesto tu título...

–Que no significa nada –dijo él–. Vamos... –gesticuló para que pasara delante–. Es hora de entrar para hacer el anuncio.

A Rosie se le aceleró el corazón y tuvo que recordarse que había sido idea suya. Sabía que el momento estaba por llegar, pero oírselo decir en público haría que se volviera real. Había soñado con ese momento desde que era niña, pero nunca se había imaginado que sería así. En sus sueños, Rosie sonreía feliz al hombre de confianza con el que pasaría el resto de su vida. Y en realidad iba a ser un matrimonio de conveniencia. Nadie debía adivinar que estaban fingiendo, o ambos quedarían en ridículo y la posibilidad de ganar dinero para la isla se perdería. No obstante, aquello no evitaba que su fantasía se volviera realidad, y el anuncio de Xavier marcaría el principio de algo maravilloso, más que el principio del final.

–Antes de entrar quiero mostrarte el anillo para que no haya sorpresas.

–Ya me has sorprendido –admitió Rosie–. No esperaba un anillo.

Xavier frunció el ceño al preguntar:

–¿Tan mal concepto tienes de mí?

–En absoluto –admitió ella–. Es solo que no esperaba nada más que el anuncio de nuestra boda.

–Claro que tiene que haber anillo.

–Por supuesto –dijo ella. Los invitados esperaban un anillo de compromiso. Aquella era la fiesta de compromiso de don Xavier del Río.

Cuando Xavier abrió la caja de terciopelo, ella se quedó asombrada.

–No puedo aceptar eso –protestó, mirando la joya de reojo. Era demasiado grande.

–¿Por qué? –preguntó él.

–Porque no necesito un diamante tan valioso.

–¿Qué esperabas que iba a regalarte? No veo nada de malo en este anillo.

–No tiene nada de malo –admitió Rosie–. Es impresionante. Solo que no es para mí.

Cualquiera se habría quedado impresionado por el brillo que desprendía aquella piedra preciosa. Era bonita y no tenía precio, pero pertenecía a una corona o un cetro.

Y encima, había ofendido a Xavier.

—¿Qué es lo que quieres? —preguntó él.

—¿Algo más pequeño y discreto?

—¿Pequeño? —repitió él.

—Pequeño —dijo ella, consciente de que no podían hacer esperar a los invitados.

—Pues es muy tarde para eso —replicó él—, y dadas las circunstancias, creo que nadie debe quedarse con la duda de que estoy completamente comprometido con este enlace.

—Lo siento. Debes de pensar que soy una desagradecida —Rosie deseaba que no hubiera barreras entre ellos y poder explicarle cómo se sentía. Su infancia le había enseñado a creer que no se merecía el amor, y suponía que a él le había pasado lo mismo—. Prefiero no llevarlo —dijo con sinceridad, y se lo devolvió—. Ponérmelo sería deshonesto conmigo misma.

—Tonterías —insistió Xavier, pero algo en su mirada indicaba que la comprendía en parte—. Te conozco un poco. Por eso te lo he enseñado antes. Sabía que podías rechazarlo, pero no podemos decepcionar a los invitados. Entraremos en el salón de baile, sonreirás y yo haré el anuncio de la boda. Después, te quedarás asombrada cuando te dé el anillo.

Fue la comprensión que percibía en su mirada lo que la hizo aceptar.

—Está bien, lo haré —dijo ella, y se le encogió el corazón al ver la expresión de alivio de su rostro—. Por supuesto que lo haré —repitió, sintiendo que necesitaba tranquilizarlo.

Al día siguiente todos los periódicos hablaban del fabuloso baile de compromiso que había tenido lugar en la mansión de don Xavier del Río. Al parecer, todo el mundo había creído que era verdad. Rosie estaba de regreso en el hotel y había pedido todos los periódicos y revistas que conocía, para poder comprobar que nadie sospechaba que su enlace era una farsa y que el matrimonio sería un fracaso. Había montones de fotos de ambos, sonriendo y mirándose con complicidad. Algunos titulares hablaban de «*El anillo del siglo*», y para Rosie no era más que el recuerdo de que se había equivocado al pensar que ese plan tenía sentido. ¿Cómo iba a fingir un matrimonio con Xavier si experimentaba cada vez más sentimientos hacia él? Y para empeorar las cosas, eran sentimientos que Xavier rechazaría puesto que era incapaz de sentir.

El anillo también suponía una gran responsabilidad. El diamante era tan grande y pesado que no paraba de girarse sobre su dedo, y ella no se atrevía a quitárselo para no perderlo. Sabía que estaba siendo desagradecida, pero el anillo representaba todo lo que estaba mal en la pareja. Lo acercó a la luz. Era tan grande que parecía de mentira. Quizá, después de todo, era el anillo perfecto...

Rosie cumpliría la promesa que le había hecho a doña Ana, pero a un precio mucho más alto de lo que se imaginaba. Si Xavier y ella tenían la suerte de tener un hijo, ella lo amaría de corazón y lo protegería de cualquier sufrimiento, pero ¿Xavier haría lo mismo?

Una de las peores partes del baile había sido hablar con los isleños después de anunciar el compromiso. Xavier había invitado a un grupo de isleños a la fiesta. Intentar compartir su entusiasmo por la noticia había hecho que Rosie se sintiera mal. Odiaba fingir, y se preguntaba si Xavier se habría dado cuenta de que ella se había marchado justo después de hablar con ellos. Al ver que estaba disgustada, Margaret había intervenido y había avisado al chófer para que llevara a Rosie al hotel. Rosie se había marchado mientras Xavier estaba hablando con el embajador. Ella no había querido interrumpirlo, ni darle la oportunidad de que intentara impedir que se marchara. Ella ya había cumplido su parte. Había estado encantadora con los invitados y ellos con ella, puesto que iba a casarse con un miembro importante de la aristocracia. Una vez a salvo en el hotel, se miró al espejo y apenas reconoció a la mujer ataviada con aquel delicado vestido. Se puso el pijama y cayó en la cama exhausta.

Al oír que llamaban a la puerta se sobresaltó. El desayuno. ¡Madre mía! Estaba hambrienta.

—¿Xavier?

Él entró en la habitación.

—¿Estás bien? Si hubiese sabido que ibas a venir... —Rosie se atusó el cabello y se apretó el cinturón de la bata. Parecía que no hubiera dormido en una semana. Tenía el pelo alborotado y era evidente que se había puesto los primeros pantalones que había encontrado.

—Anoche todo el mundo se preguntó dónde habías ido —le dijo Xavier.

¿Estaba enfadado o preocupado? Rosie no estaba segura.

—Estuve en el baile hasta casi la medianoche.

—Sé cuándo te marchaste —le espetó él—. Y te fuiste sin despedirte del anfitrión.

—Mi prometido —le corrigió.

—Deberías haberte quedado. Tenemos muchas cosas de las que hablar.

—¿Por ejemplo...?

«De cómo me siento al pensar en que tendré un hijo», pensó Xavier, puesto que no se sentía capaz de sentir empatía o de aprender a ser padre.

—De tus sentimientos acerca de convertirte en madre —dijo él—. ¿Estás preparada? Eres muy joven.

—Siento que llevo toda la vida preparándome para esto. Siempre he soñado con tener mi propia familia.

—Pero no de esta manera, supongo.

—Si tu heredero no significa nada más para ti que asegurar la isla, entonces, sí, tengo dudas —admitió ella.

—Por el niño —dijo él—. ¿Confías en que cuando nazca el bebé me sienta de otra manera?

—Quizá nunca lo hagas —repuso ella—. O quizá te preocupe que no seas capaz de sentir algo distinto cuando seas padre.

—¿Se supone que tengo que experimentar con el niño? ¿Esperar a ver cómo me siento cuando nazca?

—Espero que sepas que no es eso a lo que me refiero —dijo Rosie con preocupación—. Ambos sabíamos que esto no sería fácil.

—¿Fácil? —Xavier soltó una risita—. ¿Estás diciendo que quieres romper el compromiso?

—Deberías conocerme mejor que eso —replicó ella.

—Quizá quieres que vaya más despacio... que te dé más tiempo —sugirió Xavier.

—¿Qué diferencia habría? A mí solo me preocupa el bebé —sonrió—. Una criatura necesita seguridad y un hogar adecuado...

—Un Del Río tendrá todo lo que necesite. ¿Y el anillo? —preguntó cambiando de tema como si fuera igual de importante. Buscó el anillo en su mano con la mirada.

—Aquí... —ella estiró la mano para mostrárselo—. Tómalo y ponlo en un lugar seguro. Devuélvelo a la joyería si puedes. Ya ha cumplido su propósito —ella trató de quitárselo pero no le pasaba por el nudillo.

—Déjalo donde está —dijo él—. No hay vuelta atrás. Hiciste una promesa.

—Y mantendré esa promesa, con o sin el anillo.

Ella se dirigió al baño para buscar jabón y quitarse el anillo.

–Toma –dijo al regresar, y se lo dio.

–¿Estás segura?

–Completamente segura –¿de qué le serviría el anillo en la isla? No quería llevar nada que pudiera distanciarla de la gente de allí.

Cuando él recogió el anillo sus dedos se rozaron. Ella sintió el mismo calor por dentro que sentía siempre que él estaba cerca. Lo miró y vio que él la miraba. Xavier la agarró del brazo y la atrajo hacia sí para besarla, ella lo abrazó y lo besó con deseo, y las lágrimas afloraron a sus ojos.

Era una locura. Estaba pidiendo que le hicieran daño.

–No he dormido en toda la noche gracias a ti –dijo él.

–Debes de sentirte culpable –bromeó ella–. Yo he dormido como un bebé.

–Mentirosa –murmuró él contra su boca. La apoyó contra la pared y le acarició la mejilla–. Sé que esto no es fácil para ti...

–Es lo mejor... la única solución –insistió ella, tratando de convencerse.

–Nunca he hecho concesiones con los sentimientos de otra persona –admitió Xavier–. A lo mejor soy un poco torpe.

–Se te da fatal –le aseguró ella con una sonrisa–. Pero eso es porque nunca te has permitido preocuparte por nadie.

–¿Me estás llamando cobarde?

–En lo que a sentimientos se refiere, sí.

–Tú tienes el mismo problema. Nunca has arriesgado tu corazón.

–Por eso te comprendo –lo miró a los ojos.

–¿Me comprendes? –preguntó Xavier. Le rodeó la cintura con los brazos y la miró–. Si me comprendes, deberías saber que el anillo lo han diseñado para ese propósito. Pedí algo llamativo y me lo hicieron.

–¿No fuiste a una joyería?

–Se lo encargué a los joyeros reales, por supuesto.

–Ah, claro –comenzó a reírse.

–¿Qué te parece tan divertido?

–Tú. Tú eres divertido.

Él la miró un instante y la besó en los labios con delicadeza. Siempre conseguía que su corazón deseara mucho más, y eso era peligroso.

–Siempre supe que los millonarios no compraban donde todos los demás –dijo ella, tratando de evitar con humor que su corazón corriera peligro.

Capítulo 13

SIENTO que no te gustara el anillo, pero puesto que nuestro compromiso no era real, pensé que no importaría.

Él tenía razón, pero sus palabras le dolían como una puñalada en el corazón.

—Aunque hubiese sido un compromiso real, no me gustan las joyas así. No les puedo dar uso. Estoy contenta encadenando margaritas para hacer una corona.

—No puedes hacer un anillo de margaritas —dijo Xavier.

—Pues un trozo de cuerda —ella se rio—, pero, por favor, no más diamantes del tamaño de un huevo de pato, ¿de acuerdo?

—El anillo era el adecuado para la farsa en la que estamos metidos —dijo Xavier—. Tenía que crear impacto, y parecer convincente. Creo que lo ha conseguido.

—Mi trozo de cuerda habría causado más revuelo —comentó ella sonriendo.

—Y habría sido más tu estilo —convino Xavier—. Lo de anoche no trataba de eso —añadió él—. Se trataba de convencer a todo el mundo de que esto es real, para que puedas tener la credibilidad que quieres y yo lo único que el dinero no puede comprar.

«Un hijo». El heredero de Xavier.

—Ahora me temo que tengo malas noticias para ti.

A Rosie le dio un vuelco el corazón.

–Tengo que hacer un viaje de negocios. Me ausentaré unos días.

–¿Eso es todo? –preguntó aliviada–. Eso son buenas noticias –bromeó–. ¿Y a qué has venido? ¿Para recoger el anillo y asegurarte de que no me escaparé mientras tú estás fuera? No te preocupes, estaré aquí cuando regreses, y el día de la boda estaré a tu lado. Nos casaremos y pasaremos esto.

–Yo te prometo que no tendrás de qué preocuparte.

Ella quería reírse a carcajadas.

–Todo está organizado. La boda será en la catedral y el banquete se celebrará en mi mansión. Lo único que tienes que hacer es ponerte el vestido y asistir.

–Ya –asintió ella, y tuvo que recordarse que era un matrimonio de conveniencia, no la unión de dos corazones.

La idea había sido de ella, pero no podía evitar desear que el día de su boda fuera algo más que un acuerdo meticulosamente planificado.

–Será un gran evento –le dijo Xavier–. Espero que todo te parezca bien.

–Me parece bien –mintió ella.

–Nada será en vano. Haré que sea un día inolvidable.

¿Era una promesa o una amenaza? Estaba segura de que el día de su boda sería extravagante. Sin intimidad. Sin significado. Sin amor.

–Te quedarás en el hotel –continuó Xavier–. La modista regresará para probarte el vestido una vez más, y las maquilladoras y las peluqueras te atenderán durante el día. Será más fácil para ti quedarte aquí que regresar a la isla. No estés preocupada. Te garantizo que regresaré para la boda.

–Será muy aburrida si tú no estás –bromeó ella.

–¿No hay nada que te desanime, Rosie Clifton?

Muchas cosas. La falta de amor en su compromiso la desanimaba. Nunca había esperado que fuera de otra manera, así que no podía decepcionarse. La preocupación que sentía por una criatura que todavía no había nacido también. Había hecho lo que pensaba que era lo mejor y se había quedado con la sensación de que solo había empeorado las cosas. ¿Era eso lo que doña Ana pretendía?

—Si algo me desanima, trato de animarme otra vez —dijo ella, tratando de convencerse también.

—Esta situación resulta complicada para los dos —comentó Xavier—. Doña Ana siempre fue una mujer difícil, pero su legado lo es todavía más. ¿Y de verdad que no quieres el anillo? Puedes quedártelo si lo quieres —le ofreció.

—No lo quiero —confirmó Rosie con una sonrisa—. En serio, es completamente innecesario.

Xavier puso cara de admiración y se guardó el anillo en el bolsillo trasero del pantalón.

—¿En qué estás pensando? —preguntó al ver que ella se mordía el labio inferior.

—En el orfanato —admitió.

—Mira hacia el futuro en vez de al pasado —le aconsejó Xavier.

Rosie estaba recordando los días en los que se sentaba en la hierba con la barbilla en las rodillas y soñaba con el día de su boda. Habría montones de invitados y muchísimas flores, y su maravilloso marido estaría ansioso por sacarla de aquella institución.

—Estaba soñando con la felicidad eterna —admitió—. Sé que para nosotros no será así, porque lo nuestro es un arreglo, pero puede que no nos vaya tan mal.

—Espero que no —dijo él—. Y soñar es gratis, Rosie Clifton, así que sueña todo lo que quieras.

En menos de una semana su sueño se habría convertido en polvo.

–Te ha cambiado la vida, así que ya no se habla más del orfanato.

Rosie se sentía como si fuera una espectadora de todo aquello.

–¿Rosie? –la llamó Xavier para que volviera a la realidad–. Creo que deberíamos olvidar a ese fantasma de una vez por todas. Quiero que me cuentes cómo fue la peor época del orfanato.

–¿De veras quieres que lo haga?

–En serio.

–La Navidad era el peor momento –dijo al cabo de un rato.

–¿Por qué?

–Porque la gente bienintencionada llegaba con regalos y los niños nos hacíamos una imagen prometedora del mundo exterior.

–Seguro que preferíais que fueran a veros, ¿no?

–Por supuesto, y no quiero parecer desagradecida –pero se sentía como un animal en un zoo, donde los visitantes les hacían unos mimos y después se marchaban. Siempre se imaginaba a las visitas regresando a su casa caliente para abrir los regalos que había bajo el enorme árbol de Navidad junto a su familia. Rosie había sentido envidia hasta que encontró el calor de un hogar en la isla–. Tengo miedo de que nuestra boda sea un poco así –admitió.

–¿Cómo? ¿Qué hay de malo en la Navidad?

–Nada. Solo me da miedo que durante la boda tenga que lucirme como en un espectáculo para después ir a que me fecunden con el heredero de Del Río.

–Por favor, Rosie –exclamó Xavier–. Qué cosas dices. Estás temblando –la abrazó–. No sabía que estabas tan disgustada por ello. ¿Por qué no me lo dijiste?

–Tengo miedo.

–¿De la fecundación o de la boda?

Parecía tan sorprendido que ella no pudo evitar reírse.

—Así está mejor —dijo él.

La risa de Rosie le parecía frágil. Él deseaba tomarla entre sus brazos y tranquilizarla, y solo se lo impedía su deseo de mantenerla a salvo.

—¿Qué ha hecho mi tía? —murmuró él.

—Juntarnos para atormentarnos —comentó Rosie—. Y para bien o para mal.

—Estoy de acuerdo —la abrazó de nuevo—. Haya lo que haya entre nosotros, prometo que te lo pondré fácil. No tienes por qué tener miedo, ni en la cama ni fuera de ella. Y en cuanto al resto, Margaret te apoyará en todo. ¿Mejor? —murmuró él al verla más relajada.

Peor. Mucho peor. Deseaba tanto que se cumpliera la fantasía con la que siempre había soñado... No necesitaba el dinero de Xavier, ni su renombre, pero sí su cariño... Necesitaba al hombre que se escondía tras la armadura que él había blindado alrededor de su corazón:

Seducir a Rosie sería demasiado fácil. Ella parecía ansiosa por experimentar todo aquello que la vida tuviera que ofrecer. Lo había sorprendido desapareciendo del baile a medianoche sin avisar, pero su impredecibilidad era una de las cualidades que a él le resultaban más atractivas. Y dudaba de que alguien pudiera enjaular a aquel pajarillo salvaje. La idea de que alguien pudiera hacerlo lo enfureció. Nadie le robaría la libertad a Rosie Clifton, ni siquiera él.

—Estás serio —dijo ella, mirándolo a los ojos.

—¿Sí? —se encogió de hombros.

—Espero que no estés pensando en nuestra boda —comentó ella.

Había estado pensando en la boda, pero no de la

manera que Rosie se imaginaba. Se casaría con ella, y, cuando llegara el heredero, en lugar de marcharse, la liberaría a ella, tal y como se merecía. De pronto, la idea de que eso llegara a suceder lo aterrorizaba.

–Tengo que tomar un avión –dijo, apartándose de ella–. Te veré en el altar...

–Con un anillo sencillo, espero –bromeó ella.

Él sonrió con cinismo. Ella con ingenuidad.

–Veré lo que puedo hacer –prometió Xavier.

–Buen viaje –dijo ella, mientras él se dirigía a la puerta.

Él se dio la vuelta. Ella seguía sonriendo, con el mismo optimismo que había conseguido que sobreviviera a los años de orfanato. Xavier confiaba en que ese optimismo siguiera ayudándola.

El día de la boda amaneció soleado y con los pajaritos cantando, tal y como cualquier novia desearía.

No obstante, todas las novias deseaban tener compañía para disfrutar de su día, y Rosie no tenía ganas de empezar aquel día sola en su habitación de hotel.

Aunque siempre había estado sola y siempre había salido adelante. Margaret había estado con ella durante la mayor parte de la semana y no podía pretender que estuviera con ella las veinticuatro horas del día. Margaret también tenía que prepararse puesto que era invitada de honor en la ceremonia. Una ceremonia que los periodistas llamaban «la boda del año».

«Este no es un matrimonio en el sentido verdadero», pensó Rosie mientras salía de la cama, así que no tenía nada de qué preocuparse.

No obstante, la noche de bodas sería de verdad.

Y también la superaría. No tenía tiempo de pensar en ello. Tenía otras cosas que hacer, darse una ducha y

ponerse el liguero azul que la diseñadora había preparado para que se pusiera bajo el vestido, donde solo su
marido podría verlo.

¿Qué pensaba aquella mujer? ¿Que eran una pareja
de enamorados?

¿Y cómo no iba a pensarlo si era lo que pensaba el
mundo entero?

Se dirigió a darse una ducha y, pensativa, pasó la
mano por el encaje de su camisón. Su vestido de boda
era como el de cualquiera de sus fantasías. Todo un
equipo había trabajado para fabricarlo dentro del plazo
limitado que tenían disponible, y a Rosie no podía gus-
tarle más. Se había prometido que, al menos durante las
horas que durara la ceremonia, creería en el sueño. No
le haría daño a nadie por hacerlo.

Se le aceleró el corazón al pensar en Xavier y en lo
que estaría haciendo en esos momentos. Lo echaba de
menos. No lo había visto desde que se marchó y, aunque todo aquello fuera una locura, estaba segura de que
se sentían cada vez más cerca. Ella deseaba que ambos
pudieran superar el pasado y empezar de cero.

Al oír que llamaban a la puerta, se volvió. El desayuno. Rosie corrió a abrir para no hacer esperar al camarero.

–¡Margaret! –nunca se había alegrado tanto de ver a
alguien.

–Pensé que estaría bien que viniera –Margaret miró
a su alrededor–. No interrumpo nada, ¿verdad?

–No. Estoy sola. ¡Pasa! Es un detalle que me dediques
tu tiempo cuando sé que debes de estar muy ocupada.

–Tonterías –dijo Margaret–. ¿Quién está más ocupada que la novia? Lo único que necesito es ponerme
un poco de pintalabios y un vestido. Me preguntaba si
tendrías algo viejo para llevar –continuó Margaret–. Ya
sabes el dicho: algo viejo, algo nuevo, algo prestado,

algo azul... Ah, ya veo que eso lo tienes –Margaret vio el vestido y el liguero colgado en una percha.

–El vestido es nuevo, el liguero azul, y he traído este bolsito de cuentas para que lleves algo prestado. También te he traído un regalito de mi parte. Pertenecía a mi madre, así que puede valer como algo viejo.

–No puedo aceptar esto –dijo Rosie, cuando Margaret le mostró los pendientes de pequeñas perlas. Eran el toque perfecto para el vestido, pero estaba abrumada por el regalo, por el detalle y por la amabilidad que implicaba el gesto.

–Claro que puedes aceptarlo –insistió Margaret con una sonrisa–. Ahora, ven. No queremos llegar demasiado tarde. Desayunaremos juntas y te ayudaré a vestirte.

En el momento en que Rosie vio la catedral prometió que pronunciaría los votos de manera sincera. Fuera cual fuera su situación, mostraría respeto por la iglesia y por todos aquellos que hubieran entrado con el corazón lleno de emociones. Al salir de la limusina se recordó que siempre había sido una persona fuerte. Haría aquello y conseguiría que funcionara. Margaret la estaba esperando para organizar a los que le llevarían la cola. El vestido era tan bonito que todo el mundo se quedó boquiabierto al verla.

Rosie subió sola por los escalones. Le había explicado a Margaret que quería hacerlo así puesto que era su viaje, su decisión, y estaba decidida a no fallar en ninguna parte. Margaret no conocía toda la historia. Nunca le había preguntado, pero respetaba la decisión de Rosie. Después de hacer un gesto para que el organista comenzara a tocar, Margaret siguió a Rosie hasta la iglesia.

Al instante, las voces del coro comenzaron a cantar.

¿Todo eso era por ella? Durante un segundo, Rosie se quedó paralizada. Se le formó un nudo tan grande en la garganta que dudaba que fuera capaz de pronunciar sus votos. La catedral estaba llena. No había ni un asiento libre. El aroma a incienso era tan fuerte que le costaba respirar. Buscó a Xavier con la mirada, pero imposible distinguirlo entre tanta gente. Entonces, él se volvió y su mirada la penetró. Fue como si en ese instante se creara un lazo irrompible que la atraía hacia él. De pronto, se fijó en las rosas. Eran del mismo tipo de las que crecían en la hacienda.

Rosie se tomó las flores como una señal. Aunque fuera pura coincidencia y no un gesto cariñoso de Xavier, su promesa acerca de que aquel día sería especial parecía verdad.

Las rosas la ayudaron a continuar. No quería que nadie pensara que estaba nerviosa y desbordada por la situación. Cuando llegó junto a Xavier, se sintió aliviada. Él estaba muy atractivo y, cuando ella se detuvo a su lado, el deseo se apoderó de ella. En el momento en el que él le levantó el velo, ella respiró hondo y se sorprendió al ver ternura en su mirada. Rosie lo interpretó como que le estaba dando las gracias. Era probable que se sintiera aliviado al ver que había asistido.

–Y ahora puede besar a la novia...

«¿Ya ha terminado?».

Hasta ese momento todo había sido como un sueño de color blanco, pero de pronto el mundo recobraba el color. El fajín rojo que Xavier llevaba sobre el traje oscuro hizo que Rosie recordara la noche de bodas. Las voces del coro cantaron con más fuerza cuando Xavier agachó la cabeza y la besó en las mejillas. Ella cerró los ojos. Solo podía pensar en lo que la esperaba cuando estuvieran a solas. No obstante, cuando él le colocó el anillo, sonrió.

–¿Te gusta? –le preguntó Xavier.

–Me encanta –dijo ella–. Es el anillo perfecto para mí –era una alianza sencilla, sin piedras preciosas ni adornos. Si hubiesen sido una pareja de verdad y hubieran ido a comprar los anillos juntos, ella no habría encontrado nada que le gustara más.

–Es la hora, Rosie –dijo Xavier.

Ella se volvió a la vez que él para enfrentarse a la multitud, lo agarró del brazo y permitió que Xavier la llevara a saludar al mundo como su esposa.

Capítulo 14

EL BANQUETE parecía interminable. Rosie comió muy poquito e intentó no pensar demasiado, mientras las horas pasaban en una nebulosa de buenos deseos y felicitaciones. Al ver a Xavier se le formó un nudo en la garganta. Su expresión era indescifrable, pero una sonrisa de Margaret consiguió que ella se tranquilizara otra vez. Ya no era una huérfana disfrutando del placer de la libertad en una preciosa isla, sino una esposa y propietaria con grandes responsabilidades. Se había casado con un Grande de España.

Cuando el maestro de ceremonias pidió silencio a los invitados, Xavier se puso en pie para hablar y ella supo que el final del banquete estaba por llegar. Xavier se mostró tan expeditivo como siempre y ella se alegró de que se acordara de mencionar la deuda que tenía con doña Ana.

—Por traerme a mi esposa —dijo él, y se volvió para mirar a Rosie—. Ahora tendrán que disculparnos, porque mi esposa y yo nos vamos.

Ella sintió un nudo en el estómago cuando él se volvió para mirarla de nuevo. En breve tenía que enfrentarse al peor de los demonios: su miedo acerca de que el sexo resultaba doloroso y después llegaba el desastre. Esa era la leyenda que se contaba en el orfanato, y después ella no había encontrado nada que la hiciera cambiar de opinión.

–Tenemos una cita con la marea –les explicó Xavier a los invitados. Ayudó a Rosie a levantarse de la silla–. La marea no espera a nadie –añadió con un susurro, mirándola a los ojos.

–¿Ni siquiera a ti? –lo retó ella, empleando las pocas energías que le quedaban después de ese largo día.

–Ni siquiera a mí –confirmó él–. Por favor, quédense todo el tiempo que quieran –les dijo a los invitados–. A medianoche habrá fuegos artificiales.

Xavier la agarró de la mano y la guio fuera de allí.

–¿Y mis cosas? –preguntó ella. Todo lo que poseía estaba en el hotel.

–Pueden enviártelas –contestó Xavier–. Y donde vamos tendrás cosas nuevas.

«Él ya ha esperado bastante», pensó ella. «No podemos retrasarlo más».

Un helicóptero los esperaba en el prado. Xavier era el piloto.

–¿Dónde vamos? –preguntó ella por el micrófono de los auriculares cuando se sentó en el asiento del copiloto.

–Es una sorpresa.

La voz de Xavier sonaba metálica y distante. Despegaron y sobrevolaron la ciudad hacia el mar. Solo había oscuridad a su alrededor, pero de pronto apareció un gran yate de color blanco.

–¿Es tuyo?

Xavier empezó a hablar por el micrófono mientras se preparaban para aterrizar. Al momento, ella reconoció la lancha negra con la que él había llegado a la isla la primera vez que se vieron.

–¿Cómo es de grande?

–Mide lo mismo que doce autobuses de los de dos pisos ingleses –dijo él, posando el helicóptero con suavidad sobre los patines.

—Pues no es tan grande —bromeó ella, confiando en recuperar la calidez que habían compartido durante el banquete. Por algún motivo, Xavier se mostraba distante y preocupado.

Apagó el motor y le quitó los auriculares. Cuando sus manos le rozaron el rostro, ella deseó que la besara y cerró los ojos. Al ver que no sucedía nada, los abrió de nuevo y descubrió que se había apartado de ella.

—Espera aquí —le dijo—. Te ayudaré para que no te tropieces con el vestido al bajar. Bienvenida a mi mundo —añadió.

Rosie se preguntó si algún día llegaría a estar preparada para su mundo. Xavier abrió la puerta y entró el aire fresco en la cabina. Ella no podía imaginarse que algún día llegara a acostumbrarse a ese estilo de vida.

Una gran fila de tripulación los esperaba para darles la bienvenida. Todo el mundo parecía contento de verla y eso no era bueno. Ella odiaba engañar a la tripulación, igual que a los isleños, y deseó que su matrimonio pudiera ser lo que parecía.

Xavier insistió en cruzar el umbral de la habitación con ella en brazos, y en el momento en que cerró la puerta y la dejó en medio de un enorme y opulento dormitorio, ella se sintió pequeña e insignificante.

¿Por qué diablos había pensado que aquello podía funcionar? Tendría muchas oportunidades para descubrirlo. Allí nadie los molestaría.

Xavier se quitó la chaqueta y la dejó sobre una silla.

Por primera vez desde el banquete la miró de verdad.

—Será mejor que te des la vuelta para que pueda ayudarte a quitarte el vestido.

A Rosie se le secó la boca. Sabía que aquello tenía que llegar, pero...

Se volvió y trató de concentrarse en lo bonitas que

eran las alfombras que había en el suelo, pero no era
capaz de dejar de mirar las sábanas blancas que cubrían
la cama con dosel de teca. Xavier la había llevado directamente al dormitorio. No podía perder el tiempo si
quería tener un heredero.

—Perdóname —dijo él, quizá al percibir su nerviosismo—. ¿Te apetece tomar algo primero?

—Agua, por favor.

Ella aprovechó para mirar a su alrededor mientras él
le servía un vaso de agua de una jarra que había junto a
la cama. La habitación estaba iluminada por lámparas
de cristal y decorada con cuadros y obras de arte que
contaban historias como las de los libros que ella leía.
Miró a Xavier y pensó en lo atractivo que era. Si hubiera tenido más tiempo para conocerlo mejor... Quizá
una vez casados ya todo era un asunto de negocios para
él y nunca volverían a tener una conversación distendida. «Fuera de la cama».

—Tu agua.

—Gracias —dijo ella, y bebió un trago.

Él se colocó detrás de ella y le acarició la espalda
desnuda. Rosie se estremeció. El sonido del encaje del
vestido resbalando sobre la seda provocó que empezara
a temblar. Xavier le bajó el vestido por los hombros y
lo dejó caer al suelo. No llevaba sujetador. Después le
quitó el velo y le acarició el cabello antes de besarla en
la nuca hasta que ella se estremeció de placer. Le dio la
vuelta y observó su cuerpo desnudo.

—¿No llevas medias? —murmuró él, empleando el
tono de humor que ella estaba deseando oír.

—Ni zapatos —confesó.

—¿Cuánto tiempo llevas descalza? —preguntó él.

—¿Desde que me conociste? —ella sonrió.

—Cuando te conocí llevabas sandalias. Y ahora que
eres mi esposa, ¿estás decidida a seguir descalza?

–Solo porque me molestaban los zapatos de boda.

–Por supuesto –él se rio–. Y te has quitado los zapatos –dijo encogiéndose de hombros–. Eres Rosie.

–Era una novia con dolor de pies –comentó ella. No sentía vergüenza al estar desnuda frente a él. Era como un libro abierto, esperando a ver cómo se llenaba el segundo capítulo.

Xavier le sujetó el rostro con delicadeza y la besó, tal y como ella había soñado que su esposo la besaría en su noche de bodas. Era un beso delicado y, cuando ella suspiró, él le acarició el cabello y la sujetó con mucho cuidado como si fuera algo muy preciado. Aquello no era un acto de pasión como la habían compartido en otra ocasión, sino el comienzo de una lenta seducción. Xavier podía hacerle el amor simplemente besándola. Sus besos era cálidos y persuasivos, y, cuando él introdujo la lengua en su boca, ella no pudo negarle nada.

La tomó en brazos para llevarla a la cama. La tumbó y se entretuvo un momento para desvestirse. Era como una estatua de bronce. Muy atractivo y con la piel dorada por el sol. Ella lo miró asombrada.

–Acaríciame –dijo él, tumbándose con ella en la cama.

Al ver que dudaba, él la agarró de las manos y se las colocó sobre el torso y el vientre.

–Sujétame –le ordenó con delicadeza.

Rosie lo miró y negó con la cabeza.

–¿Por qué no? –susurró él.

–Porque nunca he hecho algo así y probablemente lo haga muy mal.

–¿Qué es lo que puedes hacer mal? –la abrazó y le guio la mano hasta su miembro.

Ella contuvo la respiración.

–¿Te he quemado?

«Solo el corazón».

–¿Te asusto, Rosie?

Ella lo miró a los ojos.

–No. No me asustas, Xavier.

Él la besó de forma apasionada. Él podía calmarla y excitarla al mismo tiempo, y explorar su cuerpo hasta que gimiera de deseo. Ella introdujo los dedos en su cabello, cerró los ojos y se dejó llevar por el placer.

Xavier colocó el muslo entre las piernas de Rosie y tras unas caricias mágicas con las manos, consiguió que ella se olvidara de todos sus temores. Arqueando el cuerpo contra el de él en busca de más placer, consiguió que él le sujetara el trasero para mantenerla contra su cuerpo. Al momento, Rosie comenzó a gemir de placer. Era lo que necesitaba. Lo necesitaba a él.

–¿No es suficiente?

–No –exclamó ella.

–¿Y ahora?

Rosie se quedó sin habla, pero negó con la cabeza.

–¿Suficiente? –le preguntó, mientras introducía la punta de su miembro erecto en su interior.

–No...

Sujetándole las muñecas por encima de la cabeza, le preguntó:

–¿Confías en mí?

–Sí... confío en ti.

Así que él la penetró un poco, y se retiró una y otra vez, hasta que ella estaba retorciéndose bajo su cuerpo por pura frustración. Entonces, despacio y sin dejar de mirarla a los ojos, Xavier la penetró de verdad.

Hubo un instante en el que ella se puso tensa como si sintiera un poco de dolor. Fue suficiente para que ella se olvidara del trance erótico al que había llegado, pero él la calmó con palabras cariñosas y dulces besos hasta que Rosie solo pudo pensar en él.

Xavier la poseyó despacio hasta que se acomodó en su interior. Después movió las caderas suavemente y la penetró de nuevo provocando que ella jadeara y gimiera de placer. Cuando se tranquilizó, pronunció una única palabra:

—Más.

Xavier se retiró casi por completo y la tomó de nuevo. Esa vez no fue tan delicado ni considerado. Y a ella le gustó todavía más que la primera vez.

—¿Más? —sugirió él, con una sonrisa. Sin esperar a que contestara, la penetró de nuevo.

—Deja que me ponga encima —dijo ella—. Quiero hacer algo más que tumbarme aquí y que me des placer.

—No voy a discutir —dijo él, y la colocó sobre su cuerpo—. Tómame.

Xavier movió las caderas de manera rítmica y aplicando presión justo donde Rosie la necesitaba.

Ella echó la cabeza hacia atrás y permitió que él la guiara. Le encantaba la manera en que él la observaba. Deseaba durar todo lo posible, pero Xavier hacía que le resultara difícil. Sujetándola por las caderas, comenzó a moverse más deprisa hasta que ella gimió con fuerza y llegó al clímax.

El clímax fue tan intenso para los dos que ella no pudo hacer más que derrumbarse sobre su torso cuando todo terminó. Hasta mucho después, el placer la inundó por dentro hasta que finalmente suspiró y se quedó dormida.

Capítulo 15

ROSIE se despertó al sentir que Xavier le estaba haciendo el amor otra vez. Estaba detrás de ella y se movía despacio en su interior. Ella se echó hacia delante y recolocó las caderas para que pudiera penetrarla mejor. Sabía que a él le gustaba mirar. Sonriendo, comenzó a mover las caderas y, al instante, ambos se dejaron llevar por un fiero deseo que solo tenía un final.

—Eres insaciable —murmuró él, cuando ella comenzó a gemir de placer.

—Y tú eres muy bueno en lo que haces —admitió Rosie.

Xavier se apoyó sobre un codo para mirarla. El amanecer se colaba por las cortinas y le iluminaba el rostro. Estaba más atractivo que nunca. Tenía el cabello alborotado y la barba incipiente, pero sobre todo sonreía de una manera que significaba mucho para ella. Rosie se incorporó un poco y lo besó en los labios.

Xavier la colocó bajo su cuerpo. No había necesidad de prepararla porque estaba más que preparada cuando él la penetró. Ambos comenzaron a moverse rápidamente hasta llegar al orgasmo. Ella nunca se había sentido tan feliz. Se apoyó en las almohadas y movió el anillo alrededor de su dedo varias veces.

—Creo que te gusta ese anillo —comentó Xavier.

—Me encanta —admitió Rosie. El anillo representaba todo lo que iba bien entre ellos. El círculo se había completado... casi. Estaría completo cuando regresaran a la isla y comenzaran a trabajar juntos.

Rosie se volvió con sorpresa al ver que Xavier salía de la cama. Estiró el brazo para impedírselo, pero él la esquivó.

–Tengo que trabajar –le dijo–. Respecto a eso, nada ha cambiado.

–¿Qué ha pasado con el tiempo libre que podías tomarte?

–Hoy no puedo tomarme tiempo libre –dijo, y parecía preocupado–. Hay muchas cosas que puedes hacer a bordo –añadió, como si fuera una niña que necesitaba entretenimientos.

¿Eso era todo? Se había esforzado en fecundarla, no una, sino varias veces. ¿Consideraba que ya había terminado su trabajo? El temor se apoderó de ella. No podía fingir que no estaba desconcertada mientras observaba cómo cruzaba desnudo la habitación. Y no estaba segura de cómo reaccionar.

–Date una ducha y después ve a nadar si te apetece –añadió él–. Hay dos piscinas, un cine, un gimnasio... Y una sala de lectura, si te apetece. Te veré más tarde...

–¿Más tarde? –se sentó en la cama–. ¿Cuándo? ¿A la hora de comer?

–Creía que la idea era que ninguno le hiciera exigencias al otro –comentó Xavier mientras cerraba la puerta del vestidor.

Cierto. Aunque eso no significaba que fuera fácil de aceptar.

Más tarde, cuando Rosie salió de la ducha y oyó que despegaba el helicóptero, se percató de que Xavier no se había retirado a su despacho, sino que se marchaba de viaje. No sabía cuánto tiempo estaría fuera. No le había contado sus planes. Y se suponía que aquella era su luna de miel...

«Supéralo, Rosie», pensó ella con impaciencia mientras se secaba. Tenía que aceptar que Xavier tenía una vida complicada, pero eso no significaba que ella tuviera que quedarse sentada esperando. Tenía un gran yate por explorar y planes propios para hacer.

No obstante, en esa ocasión, la repercusión de su carácter animado no fue muy grande.

Recogió el vestido de boda del suelo y lo dejó en el sofá. Todas esas horas de trabajo, ¿para qué?

«Basta», se amonestó en silencio. Debía acostumbrarse a la idea de que sería la esposa de conveniencia de Xavier.

Su mayor problema era qué ropa ponerse. Había tanta ropa en el vestidor... Eligió uno de los bañadores más sencillos y un vestido de verano. Estaba mirando en uno de los cajones cuando se encontró un joyero lleno de rubíes, zafiros y esmeraldas. Por algún motivo, se sintió más sola que nunca. No necesitaba todas aquellas extravagancias y hubiera cambiado todas las joyas del mundo por haber desayunado con su marido el primer día de su vida de casados.

Las joyas eran preciosas, pero no satisfarían a una mujer como ella. Rosie sentía que, igual que la ropa y todos los entretenimientos que había a bordo, eran juguetes para mantenerla contenta. Miró el anillo de boda que llevaba en el dedo y supo que siempre sería el que más le gustaría.

No estaba dispuesta a sentir lástima de sí misma mientras Xavier estaba fuera. Se puso un sombrero para cubrirse del sol y, descalza, se marchó a explorar el barco.

Xavier no había volado a la península como Rosie habría pensado. Había volado a la isla. Era cierto que no necesitaba trabajar todos los días. Podía tomarse tiempo libre siempre que quisiera. Y ese día quería separarse de Rosie. Ella lo había desorientado con la manera en que lo había hecho sentirse. Él se había sorprendido preguntándose si la amaba.

Aterrizó con el helicóptero en la playa y se fue a dar un paseo antes de nadar un rato. Se había olvidado de lo bien que se sentía en la isla, libre de las preocupaciones del mundo exterior. Sentarse en las rocas contemplando el mar resultaba terapéutico. La isla era maravillosa, y él lo había olvidado con el paso de los años. Sí, la casa y los alrededores estaban en mal estado, pero merecía la pena conservarlos. Sus viejos amigos de la isla, a los que no había visto desde hacía años, lo habían felicitado el día de la boda por elegir a Rosie como esposa. Le habían dicho que confiaban en doña Rosa, como la gente solía llamar a Rosie en la isla.

Xavier se puso en pie y miró hacia el sol. La isla era el lugar perfecto para criar a un hijo. Él se había cerrado ante esa posibilidad debido a su propia experiencia con unos padres que no lo querían. Gracias a Rosie se había dado cuenta de que, aunque habían dejado una huella dolorosa en él, no era una huella imborrable.

Gracias a ella veía la isla con otros ojos. Incluso el mar era una contradicción que le recordaba a ella. El agua era de color azul y estaba tranquila, pero en cualquier momento podía volverse gris y moverse con furia...

Al oír que uno de los ancianos de la isla lo llamaba, se volvió:

−¿Va a comer con nosotros, Xavier?

¿Le apetecía comer con aquella familia? Por supuesto que sí.

–Será un gran honor –contestó, agradecido de que todavía se preocuparan por él.

No había querido regresar a la isla, pero lo había hecho. No había querido sentir preocupación por la isla, pero la había sentido. No había querido encariñarse con nadie, puesto que su experiencia con las relaciones amorosas había sido negativa, pero se había encariñado con Rosie. Sonrió al pensar en ella mientras se acercaba al anciano. No solo se había encariñado con Rosie Clifton, ¿para qué negarlo? La amaba.

El tiempo pasó deprisa en la terraza de sus viejos amigos. Varias generaciones se acercaron a saludarlo y al final montaron un festín para agradecerle la invitación a la boda. Él fue incapaz de rechazar tanta hospitalidad y permaneció allí hasta que las gaviotas que sobrevolaban buscando su cena le recordaron que Rosie lo estaba esperando en el barco.

Rosie se vistió para cenar. Nunca en su vida se había vestido para cenar. Nadie la había avisado, pero en una de sus misiones exploratorias alrededor del barco había visto a los camareros preparando una mesa bajo las estrellas. La mesa estaba decorada con velas, flores y cubertería de plata. El vestido de color marfil que había elegido era precioso. Todavía estaba descalza y eso le encantaba. Había pasado un buen día, pero echaba de menos a Xavier.

Se sentó a cenar. Los camareros la recibieron con una sonrisa. Uno de ellos le preguntó qué le apetecía beber y, al cabo de un momento, le sirvió un vaso de agua. Ella no sabía qué decir. No quería comenzar a comer por si Xavier regresaba, así que tuvo que ignorar la sensación de hambre.

A medida que oscurecía empezó a sentirse avergonzada. Los camareros seguían de pie, esperando a que ella les diera instrucciones. Solo llevaba un día casada y debían de preguntarse si Xavier ya se habría cansado de ella. «Probablemente sí», pensó Rosie con preocupación. Era una mujer joven, sin dinero y poco sofisticada. No podía ofrecer nada más que su pasión. Aunque la noche anterior Xavier no parecía decepcionado. Había estado muy cariñoso y sexy con ella.

Las velas comenzaban a consumirse cuando ella oyó que se acercaba el helicóptero. Se sentía enfadada consigo misma por ser tan egocéntrica. ¿Y si Xavier había tenido un problema y por eso llegaba tarde?

–Volveré –dijo ella, levantándose de la mesa.

Lo bueno de que hubiera recorrido el yate de punta a punta era que podría encontrar el helipuerto sin problema.

Nada más aterrizar, Xavier vio a Rosie. La deseaba tanto que pensaba que iba a volverse loco. Anhelaba contarle todo lo que había planificado durante el día.

–Me estás esperando –dijo él, y la abrazó.

–Xavier, yo...

Agarrándola del brazo, la guio por la cubierta hasta su camarote.

–Xavier...

Él cerró la puerta de golpe y, empujándola contra la pared, silenció a Rosie con un beso apasionado.

–Xavier, no puedes...

–¿Qué es lo que no puedo? –preguntó, quitándole el vestido de los hombros.

Su piel era suave y cálida. Y todavía tenía el tacto de su cuerpo grabado en la memoria. Era tan bella y la deseaba tanto que no podía soportar su erección.

–¡Xavier!

Algo en su tono provocó que se detuviera de golpe.

–¿Qué te pasa? –preguntó enfadada–. ¿Me has dejado sola todo el día y ahora esto? Tienes que trabajar. Lo entiendo. Comprendo que hayas tardado más de lo que pensabas, pero ¿no podías haberme avisado de que estabas bien? Estaba preocupada por ti –lo miró con frustración–. Podías haber llamado al barco. No estoy enfadada por mí, pero los camareros llevan toda la noche dando vueltas por ahí, esperándote –al ver que no contestaba, se enfadó más–. ¿No te importa nadie? Es el primer día de nuestra luna de miel...

Sumadas a la frustración que sentía y al nerviosismo por la decisión de poner patas arriba sus planes y su vida, las acusaciones de Rosie fueron la gota que colmó el vaso.

–Nuestro acuerdo es eso... ¡un acuerdo! No tengo que darte explicaciones.

A Rosie le afloraron las lágrimas, y él no se sentía orgulloso de ello.

–Lo siento –nunca le había pedido perdón a nadie en su vida. Nunca le habían dicho que lo hiciera, y en esos momentos acababa de herir a la única persona a la que deseaba proteger.

Rosie no estaba de humor para perdonarlo.

–Un acuerdo que te conviene a ti, porque un hombre tan insensible como tú nunca conseguiría tener un heredero de otro modo.

Odiaba decir cosas así. La expresión de Xavier le hacía tanto daño como el que ella le había hecho a él, pero tenía que hacer algo. Que la abandonara sin darle explicaciones al día siguiente de su noche de bodas había sido muy duro para ella.

–Anoche, cuando me hiciste el amor, ¿solo era parte

del trato? –le preguntó–. Porque me hiciste el amor. Por favor, dime que en eso no estoy equivocada –odiaba el tono de desesperación de su voz–. ¿Qué voy a pensar? –preguntó al ver que Xavier no decía nada–. Te has acostado conmigo y te encanta tenerme cerca para medirte conmigo, pero nunca llegarás a amarme tal y como yo necesito que me amen.

–¿Qué estás diciendo, Rosie?

–Quiero que me amen de verdad, de manera salvaje y apasionada.

–¿Y crees que yo soy diferente a ti? ¿Que tengo otras necesidades? ¿Me estás pidiendo que me crea que has hecho este acuerdo por algo distinto al cien por cien de la isla? ¿O fueron mis cualidades las que te llamaron la atención? Quizá la verdad sea que estarías dispuesta a hacer cualquier cosa por conseguir la otra mitad de la isla y disfrutar de mi forma de vida mientras tanto.

–Eso no es justo –exclamó ella.

–Entonces, ¿no tengo derecho a tener las mismas dudas que tú? Tú sueñas porque es seguro... –al ver que se volvía hacia la puerta, añadió–. Sí, claro, ¡márchate!

–No voy a ningún sitio. Yo no huyo de nada. Nunca lo he hecho. «Haz que todo florezca allí donde estés», me dijeron en el orfanato, y eso es lo que voy a hacer aquí. Nunca he estado interesada en tu dinero, ni en tu estilo de vida. Por lo que he visto, lo tienes todo y no tienes nada. No importa si bebes en copas de cristal en tu superyate, o en tazas de plástico en el orfanato. La vida está vacía cuando uno le cierra las puertas al amor y la vive en soledad.

–¿Ahora eres experta en sentimientos? –dijo él, arqueando las cejas.

–Solo sé lo que siento aquí –se tocó el pecho–. Y tú

puedes decir lo que quieras de doña Ana, pero creo que ella nos ha juntado en un último intento de darnos un camino mejor.

–Mi tía no tenía ni una pizca de romántica.

–Eso demuestra lo poco que la conocías.

–¿Estás diciendo que la conocías mejor que yo? –preguntó Xavier con incredulidad.

–Sí –dijo ella–. ¿Nunca te preguntaste por qué doña Ana vivía sola?

–Yo era su sobrino. Por supuesto que no lo sabía.

–Nunca se te ocurrió que tu tía tuviera mucho amor para dar, ¿o la veías como una vieja gruñona que te había criado solo porque no había nadie más para hacerlo?

–Puede –admitió Xavier–. Pero ¿qué cambia eso?

–¿Sabías que su novio se mató justo cuando pensaban casarse? ¿O que él era el amor de su vida?

–No lo sabía –él se sorprendió al enterarse de que su tía se había quedado en la isla sintiéndose muy sola hasta que Rosie llegó.

–Nos hicimos muy amigas cuando empecé a leerle historias en la biblioteca. Entonces me contó que los libros eran su vía de escape y me explicó por qué tenía la necesidad de escapar.

–No tenía ni idea.

–No tenías motivos para saberlo. Dudo de que doña Ana hubiera confiado en su sobrino, aunque no te hubieras marchado de su lado.

–¿Qué estás diciendo?

–Ella solo podía poner las piezas en acción. No podía dirigirnos desde la tumba.

–¿Ah, no? A mí me parece que eso era típico de ella.

–¿Siempre fue malintencionada?

–Nunca –admitió él–. No cuando yo la conocía.

–Entonces, ¿por qué iba a hacer todo esto si no es porque quería que estuviéramos juntos?

Y ya había dicho demasiado. O quizá no...

Rosie se animó al ver que Xavier se separaba de la pared, pero después se le encogió el corazón al ver que él se volvía sin decir nada más y se marchaba de la habitación.

Capítulo 16

XAVIER permaneció en la cubierta mirando el mar, preguntándose dónde estarían entonces si sus experiencias vitales hubiesen sido distintas. Suponía que Rosie y su tía se habrían encontrado de alguna manera y que Rosie estaría en la isla haciendo todo lo posible por ayudar a los isleños.

A él no se le habría ocurrido el plan que tenía en mente. Si su infancia hubiese sido diferente habría visitado la isla a menudo y se sentiría cómodo allí, en lugar de tener los recuerdos amargos de la infancia. Rosie había hecho que se enfrentara a cosas sobre las que ni siquiera había pensado desde hacía años.

Él debía superar el pasado, igual que había hecho ella. Tenía razón cuando decía que el dinero no era nada a menos que se hiciera algo bueno con él, y la vida era mucho menos atractiva si no se tenía a alguien con quien compartirla.

Él no pretendía hacerla infeliz. Ni siquiera se había percatado de que lo estaba siendo, pero en esos momentos el dolor de Rosie era tan intenso como el suyo. Había descubierto que lo único que le importaba era la felicidad de Rosie. Llevaba su anillo en el dedo, y la había metido en su cama, pero ¿qué hacía falta para ganarse su corazón?

A la mañana siguiente, Rosie seguía llena de dudas. Había dormido sola. Xavier no se había acercado al

camarote y ella suponía que había estropeado algo
anhelado. Debajo del agua de la ducha, deseó sentir el
consuelo de sus brazos y la tensión de su cuerpo.
Echaba de menos al hombre cuidador que poco a poco
iba aflorando en él. Lo único que nunca se había plan-
teado era abandonar, ni en la relación con Xavier ni en
su compromiso hacia la isla, así que había llegado el
momento de tragarse el orgullo, vestirse e ir a bus-
carlo.

Uno de los camareros le dijo que Xavier estaba en
su estudio.

–Rosie –Xavier se levantó al verla–. Pasa, por favor
–la miró–. ¿Ocurre algo?

–Solo que ojalá te conociera mejor –admitió ella–.
Ojalá supiera qué es lo que te gusta.

–Eso es fácil –dijo él.

–¿Lo es? –permaneció en la puerta, consciente de
que si se acercaba más las emociones la desbordarían.

–Tú y yo somos iguales.

–No creo. Tú tienes miedo de experimentar sentimientos.

–Mientras que tú no tienes dificultades para expresar los tuyos –la miró con ironía–. ¿Has venido para
decirme algo?

Ella no sabía por dónde empezar. Xavier era imposible de descifrar, pero no quería vivir sin él.

–¿Rosie?

–Quiero entenderte –dijo ella.

–Entonces, mírate en el espejo –le sugirió.

Ella frunció el ceño.

–No podemos ser más diferentes. Puede que también me haya faltado el amor parental, pero no estoy
preparada para abandonar mis sueños todavía.

–¿Qué quieres decir? ¿Estás diciendo que no soy
capaz de amar a un niño?

–¿Lo eres?

Él se acercó a ella.

–Creo que deberíamos darnos una oportunidad. Tú eres tan mala como yo. También ocultas tus sentimientos y cuando aparecen te convences de que es otra de tus fantasías, así te resulta más sencillo lidiar con ellos.

–Puede –convino ella–, pero ¿cómo podemos darnos una oportunidad? ¿Cómo podemos hacer que funcione entre nosotros? ¿Tú, tus hoteles de seis estrellas y tus marinas, y yo con mis huertos de la isla?

–No sabes cuáles son mis planes.

–¿Por qué no me los cuentas? Deberíamos trabajar juntos.

–¿Crees que es lo que pretendía mi tía?

–Quizá doña Ana esperaba más de mí de lo que puedo ofrecer.

–No. Eso no me lo creo. Todo el mundo tiene dudas. Es lo que hace que sigamos hacia delante. Eres más fuerte de lo que crees, Rosie.

–¿Crees en mí?

–¿No es evidente? –Xavier la sujetó por la barbilla para que lo mirara–. Eres la mujer más fuerte que he conocido nunca. No permitas que el pasado te derrumbe, Rosie. ¿No es eso lo que te gustaría decirme? Sé que amas la isla, todo el mundo lo sabe, pero ¿y qué hay de algo para ti? No tienes que dar todo el rato. A veces la gente quiere hacer cosas para ti, y tú has de permitirlo.

–Perdóname –susurró ella, y cerró los ojos–. Sé que tuviste una infancia terrible, igual que sé qué es lo que le debemos a doña Ana.

–¿Confías en mí, Rosie? En la noche de bodas dijiste que sí.

–Y así es –afirmó, mirándolo a los ojos fijamente.

–Dime qué es lo que quieres de verdad.

«A ti», pensó ella. «Quiero que me quieras. Quiero que me abraces. Quiero creerte si me dices que deseas que me quede. Quiero tener un hijo al que amemos los dos, no un hijo que se ha engendrado solo para continuar un linaje familiar».

—Dilo, Rosie. No lo pienses. Dilo en voz alta.

Él le estaba pidiendo que arriesgara su corazón, y las palabras que ella quería decir se atascaron en sus labios. Despacio, lo intentó de nuevo.

—Quiero decirte lo que pienso en lugar de ocultarte mis sentimientos todo el rato... Quiero decirte cómo me haces sentir, y no quiero que te rías de mí...

—¿Reírme de ti? —Xavier frunció el ceño.

—Sí —admitió Rosie, y permaneció en silencio unos instantes—: Quiero decirte que te amo.

—Dilo otra vez —insistió Xavier.

—Quiero decirte que te amo —repitió con un tono más alto.

—¿Y?

—¿Y por qué soy la única que hace esto? —protestó ella medio bromeando.

—¿Porque llegará mi turno?

—Quiero decirte que sé lo que intentas hacer, y que estoy de acuerdo en que hasta que ambos nos hayamos liberado del pasado, ninguno de los dos irá a ningún sitio, ni como individuos ni como pareja, y ni siquiera como copropietarios de Isla del Rey. El pasado siempre nos retendrá, tenemos que cambiar, y quizá haya un largo camino antes de que podamos hacerlo. Quiero que los dos hablemos con libertad, para bien o para mal, y sin retocar primero cada comentario. Quiero compartirlo todo contigo, pero no puedo porque tengo miedo...

—¿Tú? ¿Miedo? —Xavier la miró con incredulidad.

—Pensarás que soy idiota —admitió Rosie.

–Nunca –él sonrió–. Eres una luz tan brillante que me ciegas. Y era una luz que no quería ver. Me has deslumbrado con tu honestidad, y has hecho que me cuestione qué he estado haciendo con mi vida. ¿Por qué no me preguntas por mis planes para la isla?

–¿Qué has hecho?

–Navegamos hacia allí –dijo él–, así que lo verás por ti misma. Los isleños están organizando una fiesta en nuestro honor para celebrar nuestro matrimonio. Quieren que tengamos una celebración entre amigos.

–Primero cuéntame tus planes.

–Está bien. Voy a crear un centro para la infancia en la isla, en honor a mi tía. Ella siempre quiso que hiciera algo útil con mi dinero. Entonces yo estaba demasiado ocupado amasando fortunas para saber a qué se refería. Estaba tan desesperado por no acabar como mis padres, que siempre tenían la mano metida en el bolsillo de otra persona, que el dinero lo era todo para mí. Esto va a ser un plan no lucrativo. Será el tributo perfecto para una mujer a la que rechacé en vida, y estoy dispuesto a honrarla una vez muerta. ¿Qué te parece si me acompañas en eso?

–¿Hablas en serio? Me encantaría –dijo Rosie–. ¿Qué te ha hecho cambiar de opinión?

–Tú –admitió Xavier–. Cuando ayer regresé a la isla, lo vi todo con otros ojos. Comprendí qué es lo que la isla necesita en realidad, y lo que yo podría ofrecer.

Se acercó a ella y la abrazó. La miró a los ojos y la besó con delicadeza. Cuando se separaron, le dijo:

–Te quiero, Rosie. Haría cualquier cosa por hacerte feliz. Te he amado desde el momento en que te vi en la playa, pero no sabía lo que era ese sentimiento.

–¿Solo sabías que te molestaba un montón? –sugirió ella, y empezó a sonreír.

Xavier se rio.

–Nadie me había hecho sentir tan enfadado desde hacía años. Estaba furioso por haber tenido que regresar a una isla que me recordaba a mi infancia y a mis padres. Y además me parecía indigno tener que compartir la isla con el ama de llaves de mi tía. Era ridículo que fuera tan arrogante. Solo deseaba alejarte de allí lo más rápido posible.

–¿Y ahora?

–Ahora quiero mantenerte a mi lado por todos los medios. ¿Qué hace falta para eso, Rosie? ¿Qué hace falta para que nuestro matrimonio sea de verdad?

Ella lo miró.

–Solo que me ames.

Al llegar a Isla del Rey había una multitud esperándolos en el muelle. Era muy diferente al grupo de dignatarios que había asistido a la boda en la catedral. Esas personas eran gente que Rosie conocía y apreciaba. Todo el mundo se había vestido para la ocasión. No había nada que a los isleños les gustara más que una celebración. Rosie se conmovió al ver el esfuerzo que habían hecho y estaba muy contenta de haber regresado a la isla que amaba.

Cuando se enteró de que Xavier había organizado una ceremonia para que pronunciaran los votos de nuevo, se sorprendió de verdad.

Él la agarró de las manos y la miró a los ojos, consciente de que su vida dependía de la respuesta que Rosie le diera ese día.

–¿Estás contenta de renovar los votos? –le preguntó.

–Oh, sí –dijo ella, mirándolo a los ojos.

Él puso una amplia sonrisa.

–¿Estás seguro de todo esto? ¿Estás seguro de que quieres renovar los votos conmigo descalza, con un vestidito de verano y con una rosa en el pelo?

–Nunca te he visto más bella –le apretó la mano para tranquilizarla mientras el notario se detenía frente a ellos.

–¿Tiene el anillo del que hablaba? –le preguntó el notario a Xavier.

–Lo tengo –confirmó Xavier, y sacó un trozo de cuerda del bolsillo–. ¿Valdrá?

–Sin duda –convino el hombre, mirando a Rosie con una cálida sonrisa.

La renovación de los votos significó mucho para Rosie. Era su sueño convertido en realidad: estar junto al hombre que amaba, el hombre que le había dicho lo mucho que la quería delante de la gente que realmente los apreciaba. Si alguna vez necesitó la prueba de que su optimismo en la vida estaba justificado, allí la tenía. Bastaba con que mirara a su alrededor para ver que su felicidad era contagiosa. Incluso con todo el dinero del mundo para gastar en una celebración, nada podía ser mejor que aquello. Era la noche más feliz de su vida.

La fiesta fue muy divertida, y, cuando se disponían a hacer el último baile de la noche, los isleños formaron un corro a su alrededor. No estaban buscando sensacionalismo ni cotilleos, solo querían disfrutar junto a ellos y desearles lo mejor. Nadie en Isla del Rey tenía miedo de mostrar sus sentimientos y Rosie nunca volvería a tener miedo de hacerlo.

Pasaron la noche en la hacienda, con las ventanas abiertas para poder oír los sonidos de la noche mientras hacían el amor.

–Tengo otra sorpresa para ti –murmuró Xavier.

–¿Qué es? –preguntó ella con una sonrisa.

–Una Navidad de verdad, solo para ti y para mí. Una segunda luna de miel sin distracciones.

–¿Navidad? –Rosie lo miró maravillada al ver que otro de sus sueños se convertiría en realidad.

–Por todo lo alto, con muchos regalos y un pavo demasiado grande para nosotros. ¿Te gustaría?

–Me encantaría –repuso ella con lágrimas en los ojos–. Te quiero.

Mucho, mucho más tarde hablaron del centro para la infancia que Xavier había planeado. Le explicó que la hacienda sería el lugar ideal y lo que a él le gustaría que ella hiciera.

–¿Así que seré la asistente del superintendente? Suena como algo importante –dijo Rosie–. ¿Y podré seguir descalza o tendré que ponerme un traje?

–Puedes ponerte lo que quieras.

–Solo hay una cosa.

–¿Sí?

Ella lo abrazó antes de decirle:

–Puede que necesite una baja por maternidad.

–¿Puede? –Xavier la miró un instante–. Cuento con ello...

–No es eso lo que...

–¿Me estás diciendo que estás embarazada? –la miró a los ojos como si allí fuera a encontrar la verdad–. ¿Cómo puedes estar segura? ¿Tan pronto?

¡Se olvidó de la mitad de la isla! Su cabeza daba vueltas con la posibilidad de que Rosie estuviera embarazada. Todo había cobrado color. Sus miedos acerca de la paternidad se habían evaporado. Si no valía, podría aprender.

–Es pronto para estar segura –le advirtió Rosie–. Pero tengo la sensación...

–Será mejor que te hagan un reconocimiento.

–¿Estás contento?

Xavier estaba paralizado por la emoción.

–¿Xavier? Di algo... ¿estás bien?

–Estoy más que bien. Y muy feliz. Más de lo que nunca lo he estado. Por favor, que sea verdad –agarró las manos de Rosie y preguntó–: ¿Necesitas sentarte?

–Estoy tumbada, por si no te has dado cuenta –ambos se rieron y se abrazaron–. Y estoy embarazada, no enferma –dijo ella cuando él la soltó–. Si tengo razón, tendrás el heredero que necesitas.

–¡No! –exclamó él–. ¡No digas eso, por favor! No me recuerdes lo idiota que he sido. Es malo para mi ego –ella se rio y lo besó de nuevo–. Te tengo a ti, Rosie, y es lo único que me importa. Tengo a la mujer que deseo, y a la única madre que quiero para mis hijos. Me has hecho el hombre más feliz del mundo. Tendrás los mejores cuidados.

–No hace falta que me digas eso –le aseguró Rosie, agarrándolo de la mano–. Te tengo a ti.

Epílogo

ROSIE recibió la noticia del doctor de la isla diciéndole que estaba embarazada poco antes de la Navidad. El doctor también le confirmó que a veces las mujeres lo sabían sin más.

El bebé nacería a finales de la primavera, así que Xavier decidió que si iban a celebrar la Navidad como se debía tendrían que ir a donde hubiera nieve y pilotó su jet hasta el país de los relojes de cuco y el chocolate. El chalet de Xavier era un lugar maravilloso. Estaba rodeado de árboles de Navidad decorados con luces. La casa era de madera con el tejado muy pronunciado y contraventanas en cada ventana. Era el lugar perfecto para pasar la Navidad.

A cada lado de la puerta había un farolillo y colgada en ella una corona decorada con un lazo de color rojo.

¿Qué es esto? –preguntó ella cuando Xavier le puso una pequeña caja en las manos.

–Tu primer regalo de Navidad.

–¿El primero?

–Acostúmbrese, señora Del Río. Y tendrá que perdonarme por adelantarme con el regalo, pero no tengo más remedio que dárselo si queremos entrar en el chalet. No se preocupe, algunos regalos puede que sean de este estilo. No quiero sobrecargarla de equipaje.

–Mientras no sea un anillo –comentó ella en broma.

–¿Por qué no lo abres y lo descubres?

Ella obedeció y sacó una llave.

–Bienvenida a casa, Rosie del Río.

–No lo entiendo.

–Esta es tu casa. Cuando quieras alejarte de mí, puedes venir aquí...

–¿Me has regalado una casa?

–Un chalet suizo –dijo él–. El primero de los muchos regalos que tengo para mi esposa.

Xavier silenció sus protestas con un beso, y la hizo suspirar de placer acariciándole una mejilla.

–No juegas limpio –se quejó ella, mientras él la besuqueaba junto a la oreja.

–No acepto un «no» por respuesta –le recordó él.

–No puedes regalarme una casa. Es demasiado.

–Puedo y lo he hecho. Estas van a ser las mejores Navidades que hemos tenido nunca.

–Lo serán. Te lo prometo –confirmó Rosie.

–¿Por qué no abre la puerta, señora Del Río?

–Supongo que si es mi casa sería mejor que te la mostrara...

–¿Por qué no empieza por el dormitorio?

–¿De veras crees que podremos llegar tan lejos...?

Al abrir la puerta se encontró con una escena mágica. Xavier la tomó en brazos para atravesar el umbral de la puerta. La chimenea estaba encendida y desde unos ventanales se veían las montañas cubiertas de nieve.

–¿Qué hay en esas cajas? –preguntó Rosie.

–Una casa decorada sería algo demasiado fácil para ti, mi bella y romántica esposa –le dijo Xavier mientras la dejaba en el suelo y le quitaba el abrigo–. Así que he comprado todo lo que puedes necesitar para tener la Navidad de tus sueños.

–Adornos de Navidad –exclamó ella–. ¿Podemos decorar la casa juntos?

–No puede ser de otra manera –dijo Xavier, y dejó su chaqueta sobre una silla–. ¿Empezamos?

–Me refería a que me ayudaras con los adornos –lo regañó ella mientras él la abrazaba.

–Tenemos toda la noche para ello –le recordó él, y la besó en los labios.

Rosie no podía ser más feliz. Estaban en su pequeño mundo, lejos de las miradas de otros.

–No podrías haber elegido un sitio mejor. Me encanta. Aquí podemos ser el señor y la señora Normales.

–Perdona... Yo puedo ser el señor Normal –sonrió–. Para ti no hay esperanza...

Ella lo agarró de los brazos y trató de zarandearlo un poco, pero era como una roca. El deseo la invadió por dentro.

–Esa alfombra está tan vacía...

Cocinaron la cena de Navidad entre los dos, con la ayuda de los cocineros famosos que se acercaron a ofrecerles la enhorabuena, evidentemente para tratar de asegurarse una franquicia en uno de sus hoteles. Tuvieron que ser muy estrictos para asegurarse de que la comida no se quemaba mientras celebraban la segunda luna de miel. Cuando terminaron, cenaron desnudos, compartiendo el plato sobre la alfombra que estaba delante de la chimenea.

Rosie estaba preocupada de que el regalo de Navidad que tenía para Xavier no fuera suficiente. Él le había asegurado en numerosas ocasiones que el bebé era más que suficiente para todas las Navidades que tenían por delante. El niño era una bendición, y un maravilloso regalo, pero Rosie quería darle algo que pudiera abrir el día de Navidad. ¿Y cómo podía competir con el chalet suizo que él le había regalado? Solo podía confiar en que le gustaran sus pequeños regalos.

–Tengo otro regalito para ti –admitió Xavier cuando Rosie sacó un paquete.

–Yo también tengo otro –dijo ella, sonriendo mientras sacaba un paquete grande de debajo de la cama.

–Es un día de Navidad perfecto –dijo Xavier, mientras abría el primer regalo que le había dado ella–. Rosie... –miró asombrado los libros que ella le había regalado.

–¿Te gustan?

–Las primeras ediciones de mi autor favorito... ¡Me encantan!

–Margaret me ayudó y me dijo a qué librerías de libro antiguo debía ir. Son para la biblioteca de la isla. Estos no los tienes, ¿verdad?

–¿Sabes lo difícil que es encontrar estos libros?

Se hacía una idea. Fue cuando Margaret insistió en que debía disfrutar de parte del dinero de su herencia cuando se dio cuenta de que podía pagarlos.

–¿Qué es? –preguntó ella, cuando Xavier le entregó un paquete muy parecido al que ella estaba a punto de darle.

–Ábrelo y lo verás –dijo él.

Xavier abrió el segundo regalo a la vez, solo para descubrir que ambos habían tenido la misma idea. El jersey de Rosie era rojo y tenía un dibujo de un reno en la parte delantera, y el jersey de Xavier tenía dibujado un Papá Noel con barba y mejillas sonrosadas.

–¡Perfecto! –dijeron riéndose a la vez.

–Aunque creo que no es necesario que nos los pongamos todavía, ¿no crees? –murmuró Xavier, y la abrazó.

Cinco años más tarde...

La playa de Isla del Rey estaba llena de isleños, visitantes, niños y gente de todas las edades. La hacienda se había reformado por completo y mantenía su estructura original y el camino a la playa tenía una buena barandilla.

Una vez al año, Xavier preparaba una barbacoa en la playa e invitaba a todos los productores y consumidores,

que apoyaban de forma incondicional la agricultura ecológica de la isla. Él cocinaba y los niños mayores del
Campamento de Aventuras de doña Ana lo ayudaban.

La fiesta de la playa era una gran celebración puesto
que marcaba la inauguración del tercer edificio de su
centro internacional. Muchas personas habían ido desde
diferentes partes del mundo a interesarse por la manera
mágica en que los jóvenes problemáticos se convertían
en jóvenes seguros de sí mismos.

Xavier habría dicho que era gracias al toque especial
que le daba Rosie. Su eterno optimismo implicaba que
nunca hubiera abandonado a la hora de ayudar a un
niño. Rosie opinaba que el éxito del centro dependía de
Xavier. Él tenía los conocimientos prácticos mientras
que ella era la soñadora que siempre iba descalza. Por
supuesto, uno de los secretos era Margaret, la directora
financiera, que los ayudaba a llevar el centro.

—No eres mal cocinero —comentó Rosie con una sonrisa, mientras Elijah, el niño de cuatro años pedía más
comida. Grace y Lily, las gemelas de dos años, estaban
jugando felices. mientras que Rosie sentía pataditas en
su abultado vientre.

—¿Estás contenta? —preguntó Xavier, secándose la
frente con el antebrazo. Solo podía hacer un breve des-
canso, pero debía ser lo bastante largo como para besar
a su esposa. Esa era la norma.

—¿Tú qué crees? —bromeó Rosie.

—Creo que te quiero, señora Del Río —susurró Xavier, mirándola a los ojos.

—Es un alivio —bromeó ella, sosteniendo su sexy
mirada mientras tomaba a Elijah en brazos—. Porque te
adoro, señor Del Río, y siempre te adoraré.

Bianca

Si alguno de los presentes conoce alguna razón por la que este matrimonio no deba seguir adelante, que calle ahora o...

Jerjes Novros no se iba a limitar a protestar por la boda de Rose. Iba a secuestrar a la hermosa novia para llevarla a su isla privada en Grecia. Una vez en su poder, aquella novia virgen tendría su oportunidad. Él, en cualquier caso, lo tenía claro: estaba dispuesto a darle a Rose la noche de bodas que se merecía.

LA NOVIA RAPTADA

JENNIE LUCAS

Acepte 2 de nuestras mejores novelas de amor GRATIS

¡Y reciba un regalo sorpresa!

Senderos de pasión
Sarah M. Anderson

A Phillip Beaumont le gustaban las bebidas fuertes y las mujeres fáciles. Entonces ¿por qué no dejaba de flirtear con Jo Spears, la domadora de su nuevo caballo? Al principio solo había sido un juego hasta que al asomarse a los ojos color avellana de Jo había deseado más.

Phillip era tan salvaje y cabezota como Sun, el semental al que Jo debía adiestrar. Y Jo, sin pretenderlo, había empezado a pasar día y noche con aquel sexy cowboy. Tal vez, Sun no fuera el único macho del rancho de los Beaumont que mereciera la pena.

¿Cómo resistirse a la sonrisa de aquel cowboy que tanto placer prometía?

Bianca

¡Decidió que solo podía legitimar a su vástago con una alianza de oro para ella!

Nikolai Cunningham había mantenido su secreto familiar durante diecisiete años. Cuando la fotógrafa Emma Sanders apareció con el propósito de hacer un reportaje sobre su hogar de la infancia, él regresó a Rusia para asegurarse de que no destapara sus intimidades. Aunque Emma pretendía hacer bien su trabajo, la atracción que sentía hacia Nikolai era demasiado poderosa. Pero, convencido de que ella solo había querido utilizarlo, el magnate ruso la abandonó, sin saber que estaba embarazada.

EL SECRETO DE LA NOCHE RUSA

RACHAEL THOMAS